# 生的希望

## 我身边的最美搜救人（二）

中国海上搜救中心 编

人民交通出版社股份有限公司

北京

## 内 容 提 要

本书选取海上搜救战线的典型人物、感人事迹，力求讲好搜救故事，以进一步发挥典型人物的示范引领作用，展示新时代海上搜救人舍生忘死、大爱无疆的奉献精神，营造推动交通强国、海洋强国建设的良好氛围，激励海上搜救人新时代新担当新作为。

**图书在版编目（CIP）数据**

生的希望. 我身边的最美搜救人. 二 / 中国海上搜救中心编. — 北京：人民交通出版社股份有限公司，2023.9

ISBN 978-7-114-18276-1

Ⅰ.①生… Ⅱ.①中… Ⅲ.①报告文学—作品集—中国—当代 Ⅳ.① I25

中国版本图书馆 CIP 数据核字（2022）第 194166 号

Sheng de Xiwang —— Wo Shenbian de Zui Mei Soujiuren (Er)

| | |
|---|---|
| 书　　名： | 生的希望——我身边的最美搜救人（二） |
| 著 作 者： | 中国海上搜救中心 |
| 责任编辑： | 朱明周　张正柱　程　璐 |
| 责任校对： | 孙国靖　刘　璇 |
| 责任印制： | 张　凯 |
| 出版发行： | 人民交通出版社股份有限公司 |
| 地　　址： | （100011）北京市朝阳区安定门外外馆斜街3号 |
| 网　　址： | http://www.ccpcl.com.cn |
| 销售电话： | （010）59757973 |
| 总 经 销： | 人民交通出版社股份有限公司发行部 |
| 经　　销： | 各地新华书店 |
| 印　　刷： | 北京交通印务有限公司 |
| 开　　本： | 720×980　1/16 |
| 印　　张： | 12.25 |
| 字　　数： | 129千 |
| 版　　次： | 2023年9月　第 1 版 |
| 印　　次： | 2023年9月　第 1 次印刷 |
| 书　　号： | ISBN 978-7-114-18276-1 |
| 定　　价： | 66.00元 |

（有印刷、装订质量问题的图书，由本公司负责调换）

# 序言

天地英雄气，千秋尚凛然！

中华民族历来崇尚英雄，敬仰英雄。每逢危急时刻，总有英雄无惧风浪、挺身而出。英雄，是中华民族穿越风雨的文化基因，也是我们砥砺前行的精神力量。

海上搜救是国家突发事件应急体系的重要组成部分，是海上安全的最后一道防线，也是英雄层出不穷的火热沃土。

有这样一群人，他们坚守着这道防线，用实际行动谱写了一曲曲慷慨激昂的英雄赞歌：中国第一代海上搜救女机长万秋雯，将生死置之度外的海韵志愿救援队，南征北战的搜救船长高歌……他们中，有由海事、救助打捞等组成的国家海上搜救骨干力量，临危不惧，英勇向前，在各种急难险重海上搜救任务中，把生的希望送给他人，把死的危险留给自己；有由军队、公安、应急等国家海上搜救和国家重大海上溢油应急处置部际联席会议成员单位组成的海上搜救协同力量，担当有为，坚毅笃行，在危急时刻凝聚起最强大合力，共护河清海晏；有由商船、渔船、搜救志愿者、见义勇为个人等组成的海上搜救社会力量，坚守善良，践行公益，用平凡人的不凡举动，书写了一个个感人至深的英雄故事。他们的英雄事迹生动展现了"险情就是命令，时间就是生命，团结就是力量"的新时代搜救精神，深刻诠释了"惠海泽航、人本至善"的海上搜救文化内涵，引领广大海上搜救人激扬英雄气概，竖起时代标杆。

为进一步讲好海上搜救战线的英雄故事，编者们采用新闻报道的叙事笔法，对第二届"最美搜救人"先进典型事迹进行了整理，汇编出版。希望通过此书，进一步弘扬"最美搜救人"的英雄事迹，激励海上搜救人新时代新担当新作为，为加快建设交通强国、奋力当好中国现代化的开路先锋提供可靠的海上应急保障。谨以此书，献给奋战在海上搜救战线的中国搜救人，并致以崇高的敬意！

本书的出版工作得到了国家海上搜救和重大海上溢油应急处置部际联席会议成员单位、各省级海上搜救中心、各地交通运输主管部门、中国水运报社以及交通运输部办公厅、政策研究室、直属机关党委、海事局、救捞局等单位和部门的大力支持，在此一并表示感谢。

编　者

2022年10月

# 目录

"只要有一丝希望,就要全力以赴!"
　　——记交通运输部北海救助局专业救助船长　高歌 　　001

无怨无悔的逆行者
　　——记东海救助局厦门救助基地潜水救生员　陈燕武 　　007

翱翔于海天之间的"东海神鹰"
　　——记东海第一救助飞行队女机长　万秋雯 　　013

筑牢"祖国南大门"海上安全防线
　　——记南海救助局专业救助船"南海救112"轮 　　020

救助有我　"渝"你同行
　　——记"德渝"轮搜救团队 　　025

东海"海上先锋"
　　——记东海救助局上海救助基地特勤救助队 　　031

"海事蓝"守护江城水上安全
　　——记武汉海事局武汉港区海事处 　　037

情洒海事巾帼志
　　——记烟台海事局烟台溢油应急技术中心　尹晓楠　　　　043

南海上的"救援先锋"
　　——记三沙海事局　　　　049

危难之中护安澜
　　——记舟山沈家门海事处副处长　郭建红　　　　056

以战斗之姿守卫长江
　　——记江阴海事局海巡执法支队支队长　毛灵　　　　063

锚定安全目标　汇聚搜救合力
　　——记天津临港海上搜救分中心"24+大平台"团队　　　　069

大佛下的生命之光
　　——记四川省乐山市港航中心应急救援事迹　　　　076

红霞长明　致敬英雄
　　——记大理洱海搜救中心在"5·10"直升机坠落洱海搜救行动中
　　　八天七夜的奋战　　　　082

应急先锋筑起汉江"金盾"
　　——记武汉市水路交通运输执法支队一大队队长　胡国强　　　　087

鄱阳湖上熠熠生辉的"铆钉"
　　——记江西省水上救助服务中心"赣救06"号船长　刘宣旺　　　　093

永葆军人底色的护渝尖兵
　　——记重庆市地方水上交通应急救援中心青年突击队队长　张恒玮　　　　100

破冰逆行的温暖身影
　　——记黑龙江省水上交通救援中心　　　　106

搏海天巨浪　保一方平安
　　——记中海石油（中国）有限公司天津分公司作业协调部　　　　112

不忘初心　砥砺前行
　　——记国家海洋局北海预报中心数值模拟室　　　　　　117

闻令而动　向险而冲
　　——记招商局南京油运股份有限公司"宁化411"轮
　　　　救助"光汇616"轮泄漏事件　　　　　　　　　125

铁面柔情护平安
　　——记黄埔海关缉私局海上缉私处一级警长　陈伟勇　　131

蓝海之上续写人间大爱
　　——记温岭市第四人民医院海上医疗急救志愿队　　　136

长江上的"生命守护者"
　　——记南京市公安局水上分局一级警长　吕宏伟　　　142

人民记心间　使命扛肩上
　　——记厦门市曙光救援队队长　王刚　　　　　　　　149

海之骄子　英勇无畏
　　——记上海海上搜救志愿者总队　　　　　　　　　　153

海上搜救当先锋　风口浪尖显忠诚
　　——记海韵志愿救援队　　　　　　　　　　　　　　159

践行志愿精神　点亮生命灯塔
　　——记潍坊市海上搜救志愿服务队　　　　　　　　　166

冲锋在前的"逆行者们"
　　——记浙江省公羊会公益救援促进会　　　　　　　　172

最美海上"逆行者"　台山水上"守护神"
　　——记台山市海宁海上救援志愿服务中心　　　　　　180

# "只要有一丝希望,就要全力以赴!"

—— 记交通运输部北海救助局专业救助船长 高歌

《中国水运报》记者 周佳玲

2022年1月18日1时50分,经过数个小时的救援,"北海救118"轮船长高歌从机舱进水的集装箱船"中福恩"轮上成功转移出6名船员。经遇险船舶人员抢修后,"中福恩"轮恢复动力,高歌又驾驶"北海救118"轮将其护航至蓬莱港栾家口港区附近安全水域。

高 歌

救助遇险船舶和被困船员,是交通运输部北海救助局专业救助船长高歌肩负的神圣使命。今年45岁的他,自1997年参加工作以来,已经参加海上救助抢险行动70余次,成功救助遇险船舶30余艘、遇险人员150余人。他一次次在风口浪尖上与死神赛跑，逆行救援，用实际行动践行了"把生的希望送给别人，把死的危险留给自己"的救捞精神。

"海上搜救，瞬息万变，难在永远面临未知的风险，即使如此，只要有一丝希望，就要全力以赴！"高歌如是说。

## 利剑出鞘，挽救危难

在参加的众多海上搜救行动中，最让高歌记忆深刻的是救助"颢达16"轮9名被困船员的那一幕。

2019年8月12日凌晨3时30分许，一声声急促的呼叫打破了"北海救118"轮的宁静。"在烟台港锚地避防台风的'颢达16'轮稳性丧失，随时有倾覆危险，请立刻出航救援！"北海救助局救助值班室下达指令。

接到指令后，高歌迅速集结船上的救援人员起航出发。"即便把马力加到最大，从救助基地驶往事发水域也花了一个多小时。"

"当时海况十分恶劣，超强台风'利奇马'的影响仍很大，涌起的海浪有3米多高，同时避风的锚泊船也特别多，我们必须小心谨慎地赶往现场。到达时天已经蒙蒙亮了。"高歌回忆说。

到达现场后，他便看见"颢达16"轮犹如一片轻薄的树叶，随着涌浪跌宕沉浮。"船舶向右倾斜了十七八度，倾斜角度太大，船舶已无法自行回调，穿上救生衣的9名船员正焦急地等待在甲板上，随时有被巨浪吞噬的危险，生命岌岌可危。"

在超强台风的影响下出航已是难事，要在涌浪滚滚的海上救人更

"只要有一丝希望，就要全力以赴！"

是难上加难。"说不害怕那是假的，但我们是中国救助人，不能砸了这块牌子！"高歌坚定地说。

他迅速分析现场情况，决定用救生吊篮将9名船员从难船吊往救援船。然而，制定方案容易，实际操作起来却并非易事。

"难船因侧倾在海中摇摆剧烈，救援船如果与难船靠得太近，在巨浪的推动下很可能与它发生碰撞导致难船倾覆，二次灾害又可能致使救援船船体受损；如果离得太远，救生吊篮的吊臂长度有限，无法保障难船船员安全转移。"高歌说，"我们必须与它保持合适的安全距离，这十分考验船长的驾驶技术。"

高歌船长操纵船舶

当时，"颗达16"轮周边还有不少锚泊船，恶劣海况叠加狭窄的施救水域，给救助带来重重困难。

说时迟，那时快，高歌及时调整船舶航向、船位，开启减压水舱……通过一系列精湛的操作，他在稳住救援船船身的同时，迅速用救生吊篮分两次将9名遇险船员全部安全撤离遇险船。

### 克难奋进，勇担使命

救援抢险，他是一把好手。此外，高歌还带领"北海救118"轮多次圆满完成"胜利10号""海洋石油906""德浮3600"等海上作业平台的服务保障任务，为助力海洋经济发展、服务国家能源开发作出了重要贡献。更让高歌倍感荣耀的是,他还护航了大国重器。

2019年6月,长征十一号运载火箭"一箭七星"首次在海上成功发射,这是我国首次开展海上运载火箭发射任务。凭借精湛的驾船技术和丰富的海上工作经验,高歌被选为火箭发射指挥船"北海救101"轮船长。

**高歌船长指挥救助任务**

作为此次火箭发射的指挥船和保障船,北海救助局"北海救101"轮和"北海救118"轮累计航程近2000海里,靠离发射平台30余次,尾靠起抛锚近30次,接待服务工作人员100多人次,以优质的服务和精湛的技术圆满保障了长征十一号运载火箭的海上"首秀",获得了交通运输部领导的充分肯定。

2021年6月17日上午,高歌再次带领"北海救118"轮认真组织实施设备加改装、应急救援设备海上调试测试和搜救演练等工作,圆满完成了神舟十二号载人飞船发射海上应急保障任务。

"能为涉及国家安全、经济发展的大事要事献上一份力量,我感到'责任重大,使命光荣'!"高歌自豪地说。

## 言传身教,尽心敬业

"北海救118"轮执行24小时值班制度,工作、生活都在船上,一条船就是一个家。在船上20名救援人员眼中,高歌不仅是这个大家庭里的"老班长",还是带领大家遨游大海、逐梦深蓝的领航人。

"成为一名优秀船长,最重要的就是要不断学习,持续总结完善,再举一反三。"高歌是这样说的,更是这样做的。工作中,他参与了北海救助局救助船队《救助操作要点》等制度规范的整理和编写工作,撰写了《北部海区专业救助船冰区救助研究》《某VLOC拖航风险评估及控制》等论文,将丰富经验汇成智慧结晶。

他秉承"言传身教"理念,坚持"传帮带"教学,不仅实行"一对一"结对帮扶,还实行"一对多"带教,抓住一切机会帮助年轻职工在实战中"摔打",在磨炼中成长。在高歌的带领下,一批年轻的实习船长如今已成为海上救助事业的中流砥柱。

"高船长带我们时总是倾囊相授,毫无保留,我们也获益匪浅。"在"北海救118"轮大副王广治记忆中,一次经历令他至今难忘。

2019年8月底,高歌接到执行自升式钻井平台"力神"号的长航拖带任务,将该钻井平台从深圳海域拖带至渤海湾,整个作业周期长达40余天。

拖带的钻井平台体积庞大,作业海域范围内渔船密集,海域环境复杂，而那段时间正是夏秋交际，南方的台风与北方的冷空气交互影响，形成的海上大风加大了钻井平台的拖带阻力，拖带任务艰巨。更加麻烦的是，为了加快拖带速度，在特定水域还要动用两条拖轮共同拖带，大大增加了碰撞风险。

"碰到两船并拖、穿越限制水域等特殊情况时，高船长除了吃饭、睡觉，一直亲自驻守在驾驶室，有时一守就是三四天，满满的责任心。"王广治深有感触地说，"他还手把手教导我们要注意的工作要点、需规避的各种风险，总是知无不言，言无不尽，真的是一位热心师父。"

沧海横流，方显英雄本色。多年来，高歌船长的业务能力得到大家的一致认可，实力在行业内有口皆碑。他曾荣获"2018年救捞系统救捞勇士""2019年救捞系统救捞功臣"等荣誉称号，2018年、2019年更是连续两年获评"北海救助局救助抢险先进个人"。

高歌船长制订搜救计划

# 无怨无悔的逆行者

——记东海救助局厦门救助基地潜水救生员 陈燕武

《中国水运报》记者 王有哲

在水上事故抢险救援中,他一次次与死神交锋,以舍我其谁的拼搏精神挽救人民生命财产,彰显着人性的光辉;他"冬练三九、夏练三伏",练兵备战永不停歇,值班值守毫不懈怠,时刻准备着"闪电出击",他用舍生忘死、大爱无疆与怒海争雄,践行青春无悔……

陈燕武

他就是东海救助局厦门救助基地潜水救生员陈燕武。加入潜水救捞行业8年来,他在惊涛骇浪中成功救助各类遇险人员多达百余人,将濒临绝境的遇险者从死神手中挽救。在水上事故的抢险救援中,他不仅冲锋在前,追求"更快的速度",还会在救援方法上不断突破,用智慧攻克一个个专业技术难题,追求"更高的效率"。

### "一下水,心里就只装着工作了"

2020年7月26日凌晨,一艘空载运砂船"宏翔819"轮行驶至台湾海峡时发生翻扣,船上9名船员遇险。

接到任务后,陈燕武立即与厦门救助基地的同事直奔出事地点,开始水下搜寻。经过连续搜寻,当天下午,潜水员在沉船货舱里发现1名幸存者,此时船舱只剩下不到50厘米的高度未被水淹没,氧气越来越稀薄,时间每过一秒就意味着生存机会又少了一分,情况危急。

得知水下情况后,陈燕武二话不说换上潜水装备。当从一条狭窄的通道挤进密闭舱时,映入他眼帘的是一张绝望的脸!小小的船舱里弥漫着恐惧,没人知道接下来会发生什么。

陈燕武带来了救生设备,他教幸存者如何用潜水咬嘴呼吸,随后带着幸存者开始逃生。陈燕武一手拉着牵引绳,一手拽着幸存者往上游。突然,在那条狭窄的通道里,幸存者被悬浮的杂物绊倒了,原本捏着鼻子的手本能地松开,随即就呛了一口水。幸存者的情绪瞬间失控,不再听从指挥,用尽力气摆动手脚,把陈燕武往

陈燕武

回扯。

回忆起那个情景,陈燕武至今心有余悸:"我不敢再有半点犹豫,加大力气拽紧他就往上游。当时心里只有一个念头,就是用最短的时间,把这名幸存者从死亡边缘拽回来。"经过漫长而惊险的10分钟,这名幸存者最终平安上岸。

不少人问陈燕武,救援过程中会不会害怕。他总是回答:"谁都有害怕的时候,但一下水,心里就只装着工作了。"

## "我只想尽快探明水下情况,尽早解决打捞难题"

陈燕武工作经验丰富,专业打捞技能精湛。多年来,他始终不忘初心,忠诚履职。接到重大打捞任务时,他总是冲锋在前,不畏艰险,迎难而上。尤其在厦门"3·19"直升机坠海救援中,陈燕武更是出色地展现了专业抢险打捞人的风采。

2021年3月19日17时许,一艘小型民用直升机在厦门4号锚地附近坠海。接获险情信息后,陈燕武作为第一作战梯队队员,第一时间抵达事故现场。

当发现直升机残骸时,他毫不犹豫迅速下水作战,顶着急流,冒着被锋利的破损直升机残骸割伤的风险,连续下

准备下潜作业的陈燕武

潜作业，凭借多年实战经验成功打捞起3具遇难者遗体。

坠入海中的直升机残骸会对航经船舶的安全产生严重威胁，若不及时打捞，可能给航运等造成重大影响。水下打捞作为多学科工程，涉及的工艺非常复杂，直升机残骸有多处结构产生撕裂和破损，打捞没有可供借鉴的经验。同时，恶劣天气与海况也会让残骸沉态发生改变，给打捞作业带来巨大影响。对于陈燕武而言，这无疑是一个前所未有的新挑战。

陈燕武（中）配合队友做好下水前的准备工作

关键时刻，陈燕武临危受命，战黎明、斗星夜，不畏艰险，科学制订作业计划，协同项目指挥部制订打捞方案，成功将失事直升机残骸固定绑扎，配合打捞船舶将全部残骸打捞出水。

任务完成后，他说："我只想尽快探明水下情况，尽早解决打捞难题，尽可能地将损失降到最低，根本没时间去想执行任务中自己是否会受伤。"

## "只要工作需要,我随叫随到"

陈燕武在工作中勇于创新,注重实践,善于利用业余时间潜心钻研救助打捞技术,自觉加强业务学习,不断提高自身的业务技能和综合能力,以过硬的技术水平适应应急抢险打捞装备的不断升级和救助打捞工艺的不断进步。他常说:"要想做好最基层的抢险打捞工作,必须具备较高的政治理论素质和业务水平,这是我们从事海上抢险打捞工作的'武器'。有了这些'武器',我们才敢去最前线打硬仗。"

陈燕武的日常训练

同时,他坚持以学为先、学以致用,勤于学习专业技能,善于提炼工作心得,勇于创新工作思路。每当单位接到抢险指令,陈燕武总是主动请缨,勇挑各类急难险重的救捞抢险重担。经过多年的实战磨砺与经验累积,陈燕武练就一身过硬本领。如今,无论是险恶的水下作业环境,还是极其恶劣的海况,或者是沉态复杂的沉船沉物,他都能凭借自身丰富的专业理论和实战经验,以高超的水下施工技艺顺利优质完成任务。

良好的政治素质和扎实的专业打捞技能,使陈燕武在最危险的打捞工作中游刃有余,成为干一行爱一行、钻一行精一行的海上打捞业务骨干。"只要工作需要,我随叫随到。我期待着为国家救助打捞事业贡献更多的力量。"陈燕武说。

乘坐救助直升机前往搜救现场

# 翱翔于海天之间的"东海神鹰"

## —— 记东海第一救助飞行队女机长 万秋雯

《中国水运报》记者 周佳玲

2001年成立的交通运输部东海第一救助飞行队,是一支负责实施东部海区空中人命救助、搜寻救援等任务的海上救援国家队,至2021年底,已在责任海区成功救助1600余名遇险人员。作为东海船舶安全航行的保障者,这支队伍被船员们亲切地称为"东海神鹰"。

万秋雯

在男性占绝大多数的东海第一救助飞行队中,出生于1986年的上海姑娘万秋雯显得格外与众不同。她是我国第一代女搜救机长（目前全国仅2名女搜救机长），更是交通运输部救捞系统内第一代具有飞行教员资格的女飞行员。在风口浪尖上，她总共安全飞行了2588小时，执行救助任务211起，成功营救140名身处险境或面临绝境的遇险人员。

万秋雯（中）和她的飞行员队友

"救人于危难，是职责，是本能，也是自我价值的实现，我愿意将自己的能量和精力奉献给这份事业！"万秋雯这样说道。

## 搏击长空，碧海抢险

雄鹰喜欢直击长空，穿越到云霄之上俯瞰大地，身着蓝色制服的搜救飞行员也有着雄鹰一样的勇敢，却通常飞得很低，总是在惊涛骇浪中拯救生命，用实际行动践行"把生的希望送给别人，把死的危险留给自己"的救捞精神。

2020年8月20日凌晨4时许，上海长江口灯船东南1.5海里附近水域，油船"隆庆1"轮和砂石船"宁高鹏688"轮发生碰撞。"隆庆1"轮碰撞后起火爆炸，船上14人遇险；"宁高鹏688"轮沉没，3人遇险。东海救助局获悉后，立刻启动了一场生命大营救。

根据指令，东海第一救助飞行队派出由万秋雯执飞的B-7361救助直升机迅速从上海高东直升机场赶赴搜救区域。

"海上搜救，瞬息万变。我作为第一架次赶赴现场救援的直升机飞行员，最大的困难就是无数未知的风险，对现场难船状况、船员伤亡情况等都不清楚，这时刻考验着搜救飞行员的临场应变能力。"万秋雯介绍说。

到达现场后，映入万秋雯眼帘的便是一幅满目疮痍的景象，起火的油轮仍在燃烧，巨大的船舶只剩一副钢铁骨架。在现场勘查后，万秋雯接到通知，"东海救101"轮上有一名被救烧伤船员，伤势较为严重，急需救助直升机将伤员转运上岸进行进一步治疗。

万秋雯立即调整航向，实施起训练过无数次的操作，将直升机稳稳悬停在救援船甲板上空。在救生员顺着绳索下降到救援船上转移伤员时，万秋雯操着熟练的动作稳稳把住直升机，并通过指令与救生员密切配合。几分钟后，烧伤船员被顺利转移到直升机上。

将伤员送至上海高东直升机场后，万秋雯又马不停蹄立即起飞，连续执行了两个架次的人员搜寻和火情察看工作。

8月24日，万秋雯再次作为机长执行人员转运任务，将一名船队救助指挥专家顺利送至现场救助船,为现场救援工作提供了强有力的支持。

像这种挽救生命于危难之际的情境,在万秋雯的工作中已是常态。多年来,她积极参与了2012年度全国公路交通联合应急演练、国家神舟系列载人飞船发射海上应急救援保障任务、2018年国家重大海上溢油应急处置实兵演习、"琼苍渔20417"多机救援等一系列重大救助与飞行保障任务,为保障东海海域人命财产安全作出了积极贡献。

万秋雯驾驶救助直升机转移遇险船员

## 厚积薄发,精益求精

一次次救援工作顺利完成,一项项保障任务圆满结束,背后凭借的不是运气下的机缘巧合,而是千锤百炼后的熟记于心。

2007年,喜欢冒险的万秋雯即将从上海海事大学商船学院航海系毕业，恰逢交通部救捞局来学校首次招收女救助飞行员。万秋雯凭借较高的综合素质脱颖而出。

为了进一步提升技能，2008年12月，万秋雯与7名同事一起远赴澳大利亚阿德莱德飞行学院深造。经过15个月的勤学苦练，她顺利通过相关考试并取得直升机商用驾照。

学成归来后，万秋雯进入副驾驶见习阶段。滑行、起飞、悬停和起落，日复一日的训练，为这只"东海神鹰"真正展翅高飞锻造了坚强的双翼。

2015年3月5日是一个让万秋雯铭记至今的日子。那一天，东海第一救助飞行队在上海高东直升机场举行搜救机长聘任仪式，她被正式聘任为搜救机长，成为中国第一代女搜救直升机长。

万秋雯

"副驾驶的肩章上有三条杠，分别代表专业、知识、技能。而机长的肩章上多了一条杠，这一条就代表着责任。机长必须对整个机组负责。"万秋雯这样诠释。

万秋雯

不止于此,万秋雯还不断在日常飞行训练和实战中锤炼飞行技术,积极参与低能见仪表、夜航搜救、船载机等高难度训练,苦练精飞,不断提升自身搜救技术能力,并向着更高的职业目标迈进。

目前,她已经顺利获得中国民航SK-76D机型型别教员等级,并通过交通运输部救捞系统搜救教员技术考核评审,成为系统内第一代具有飞行教员资格的女飞行员,实现了从学员到老师的身份转变。

获得中国民航SK-76D机型型别教员等级,有多大的"含金量"?用万秋雯的话来说,这在全国都属"稀有"。据了解,目前国内SK系列D型飞机比较稀少,而具备此类机型教员资格的人更是少之又少。

## 敬业拼搏,尽展实力

万秋雯说,在自己过往的搜救经历中,2015年4月的那次救援经历最难以忘怀。

2015年4月23日9时许，正在值班的万秋雯突然接到报警：在舟山海域一艘国际邮轮上，一名外籍游客疑似胃出血，需要及时转运救治。万秋雯争分夺秒带领机组人员赶到现场。因邮轮上还承载着其他游客，且一直处于航行状态，为了不影响邮轮的原有航行轨迹，并且能够用最短时间转移生病游客，万秋雯决定根据风向选择另一处相对空旷但作业面积较小的地点进行吊运。

然而，邮轮上高高的天线和桅杆立在飞机左右两侧，这要求万秋雯的操作必须十分精准，容不得半点大意。当救生员将病人安置在担架上后，绞车手迅速起吊，但因病人体重较大，起吊的一瞬间，直升机突然向一侧倾斜，惊险之中万秋雯迅速反应，立即抵住驾驶杆，保持住飞机的姿态，吊运终于完成。随后，一阵热烈的掌声从邮轮甲板上观看救援的游客中传来。

"这是我第一次在众人关注之下开展救援，也向国际友人直观展现了我国现代化海空救援的实力。"万秋雯自豪地说道。

万秋雯告诉记者，事后她检查身体才发现，这次救援，也是唯一一次和腹中的宝宝一起并肩作战的经历。

"带着继续奋斗的力量，你会把恐惧抛开，你知道自己能挺过来，所以当你感到希望似乎破灭，审视自己，保持坚强，最终你将明白，英雄气魄就在你身上……"这是来自英文歌曲《Hero》中的歌词。这首歌是万秋雯最喜欢的歌曲，也是她坚守这份职业的精神动力和勇气来源。

# 筑牢"祖国南大门"海上安全防线

## ——记南海救助局专业救助船"南海救112"轮

《中国水运报》记者 龙 巍 张植凡

在广袤的南海上,在惊涛骇浪中,有这样一艘船舶,一次次劈波斩浪奋勇直前,以身为盾筑起了一道坚实的生命防线,给身处险境的人们带去了生的希望。

它——就是"南海救112"轮。

英姿勃发的"南海救112"轮船员

作为海上专业救助力量,"南海救112"轮长期坚守在海上搜救第一线,哪里有险情,哪里就有它的身影;哪里有危险,它就战斗在哪里，有力保障了责任海区的安全。

## 台风中勇救 134 名遇险船员

"搜救中心吗？我们在上川岛南面海域拖带工程船'中油管道601'时受台风影响，出现滞航倒拖，随时有倾覆危险，船组现在有134人，请求救助！"

2020年6月13日，台风"鹦鹉"即将登陆我国沿海，正在海上作业的"德顺"轮受恶劣天气影响，船组人员的生命受到严重威胁。

险情就是命令。接报后，"南海救112"轮立即备车起锚。

随着台风"鹦鹉"慢慢逼近，海面风力达8～9级，涌浪达6～7米。"南海救112"轮克服风大浪高的巨大考验，在摇晃中顺利抵达遇险船舶附近海域。

"我轮已到达事发海域，各岗位人员做好救助准备。"随着船长低沉的声音在广播中响起，救助船全体救援人员立即行动，各就各位，在紧迫的形势下，根据现场复杂局面争分夺秒制定救援方案，紧急接拖"德顺"船组。

被台风掀起的巨浪无情地拍打着甲板，水手们在大副的指挥下，左手紧抓安全绳，右手拉着

"南海救112"轮

缆绳和铁链，艰难地准备着拖具，而在驾驶室里的船长则紧紧握住方向舵和侧推杆，聚精会神地稳住船位。经过近一个小时的不懈努力，

"南海救112"轮终于成功控制住"德顺"工程船组。最终,经历两天两夜的艰苦奋战,救助船勇携遇险工程船组抵达安全水域,134名船员化险为夷。

## 惊涛骇浪中撑起"生命之舟"

2020年8月19日,台风"海高斯"正面袭击珠江口海域,中心风力达13级。"南海救112"轮值守海域有3艘船舶同时遇险。接到救助指令后,"南海救112"轮全体船员顶着强风暴雨,紧急出动救助。

此时的海面已风大雨急,能见度仅50米。

面对恶劣海况和紧急险情,船长黄新发坐镇驾驶台:"左舵5,右舵10,把定航向。"他利用车舵、侧推的极致配合,使救助船完美地做出摇头、摆尾、大风急流中保持直线航迹等一系列高难度动作。凭借丰富经验,他驾驶着救助船克服重重困难在船舶密布的锚地中穿行,以最快的速度赶赴现场救助,并连续完成守护、拖带出浅作业。最终,3艘遇险船舶及52名船员转危为安。

受台风"莫拉菲"影响,油船"XY"轮在青澜港海域高位搁浅,随时有倾覆的危险,船上13名船员危在旦夕。搁浅船装载燃油90吨,如若破损,燃油泄漏将造成严重的环境污染。在海口值班待命的"南海救112"轮闻令而动,星夜驰援。遇险现场偏东风7~8级,涌浪高3米,且仅有一条航道可作为救助回旋区域,船位极难控制。船长黄新发根据现场局势,果断采取从搁浅船尾部双向出缆接拖的方式实施救援。而此时,另一个超强台风"天鹅"正在靠拢,海况愈加恶劣。高频传来遇险船船员急迫的声音："救助船长，什么时候可以将我们脱离出浅，我们的形势很危险……"

此时，多耽搁一秒，搁浅船和救助船的危险就会增加一分。

"南海救112"轮全体人员顾不上休息，饿了就简单扒几口饭，累了就躺在拖缆机旁眯一会儿。他们与台风拼速度，与恶浪争高低，争分夺秒加快救援速度。经过一个昼夜不间断的奋战，"XY"轮成功出浅，13名船员获救，并成功避免了燃油泄漏事故的发生。

## 锤炼本领夯实救援"真功夫"

"平时多流汗，战时少流血，只有扎实过硬的救助技能才是保障救助顺利的基石、砝码。"在日常工作中，"南海救112"轮船长以身作则，用"把刀刃磨利，把枪杆擦亮"的精神头，带领全船人员开展实战训练，努力提高救助本领。

2021年，"南海救112"轮开展实战训练228天，累计在航2606小时，圆满完成阶段性实战训练任务5项、实战训练133次、技能训练1065课时、应急演练80次、救助情景模式专题训练14项。

2021年深秋，"南海救112"轮拖带大型起重船"DQ"从珠海港出发，横跨南海、东海、黄海、渤海四大海区，安全抵达河北省黄骅港。各个海区水文环境迥异，航经海域渔船密集，不同海区的渔船捕鱼习惯不同，又时值季风盛起，热带气旋又时而来袭，天气复杂多变，使得此次拖带航行作业难度加大，对拖带专业要求更高。

一路北上，"南海救112"轮与冷空气的"遭遇战"如影随形，历

# 生的希望 / 我身边的最美搜救人（二）

时22天，累计航行1673海里，途中4次遭遇9级以上大风，5次穿越渔船、渔标密集区域，7次调整主拖缆长度，11天断网"失联"。

"提心吊胆22天，终于'解脱'了！"这是圆满完成此次拖航实战训练后，"南海救112"轮大副发的第一条朋友圈。大副的工作极其繁杂，除了每天2个航行班，船组根据海况调整拖航工况时，他都要第一时间出现在甲板面指挥作业。

在22天的实战训练中，救助船长直接"住"进了驾驶室，携卧具24小时驻守驾驶台的时间长达12天，在恶劣天气和复杂海况时连续数日仅睡4个小时，一度达到身体的承受极限。

全体船员克服重重困难，圆满完成了此次实战训练。此次拖航训练创南海救助局成立以来拖航距离最远、历时最长、跨越海区最多等多项纪录。

迎难而上，逆风而行。"南海救112"轮全体船员以提高自我、顾全大局做底色，以刻苦训练、锤炼担当显成色，以挽救生命财产、助力强国建设为本色，让航行在南海的过往船员深深感受到：救助人那一抹亮丽的"中国红"，永远是"祖国南大门"最牢固的安全防线。

即将启航的"南海救112"轮

# 救助有我 "渝"你同行

## ——记"德渝"轮搜救团队

《中国水运报》记者 陈俊杰

在浩瀚无垠的南海上,在远离陆域的涠洲工地旁,无风也有三尺浪,而"德渝"轮已在此驻守3年多,不仅肩负着守护钻井平台安全的重任,也担当起附近水域救援的光荣使命。

"德渝"轮

## 闻令而动勇冲锋

2009年12月列编以来,"德渝"轮团队在"把生的希望送给别人,把死的危险留给自己"的救捞精神感召下,南征北战,劈波斩浪,圆满完成数十次救助打捞任务。

时间回溯到2019年3月23日。北海新绎游船有限公司的一艘84米长、16米宽的高速客船"北游25"轮在广西涠洲岛西角码头离岸约300米处搁浅,船上770名游客、24名船员生命安全受到威胁。

现场守护搁浅的"北游25"轮

事件发生后,时任交通运输部党组书记杨传堂、部长李小鹏坐镇交通运输部综合应急指挥中心调度指挥,广西壮族自治区党委、政府迅速成立现场指挥部,要求专业救助船舶及人员全力开展救助工作,确保游客安全。

"快,我们早一点到,就能早一点救人。"接到救助指令后,

"德渝"轮的船员们立即行动,第一时间抵达事发现场,随即开展救助准备工作。当时,面对"北游25"轮遇险信息不详细、现场风急浪大、夜间能见度低等复杂情况,指挥部在全面评估安全风险的基础上,决定采用现场守护的救助方式。

## 生命至上护平安

按照指示要求,"德渝"轮担负起夜间守护"北游25"轮的重任。"船上794人的生命安全交到'德渝'轮手中,我们必须要谨慎小心,尽最大努力去守护他们的安全。"时任船长王峰告诉记者,当时事发现场海况十分复杂,狂风卷积海浪撞击着船体,巨大的轰隆声让大家更是心中没底。王峰和全体船员打起了十二分精神,寸步不离岗位,时刻关注遇险船舶的状况。

"只有我们在,794名乘客和船员才会安心"。"德渝"轮的守护,就像是阳光刺破阴霾,为笼罩在黑暗星空下的"北游25"轮带来了曙光。

在守护过程中,"德渝"轮与现场其他应急力量密

成功将"北游25"轮拖带出浅

切配合，积极收集传递遇险船舶相关信息，及时摸清遇险船舶周边情况，共同研究制定了乘潮脱浅的救助方案。

3月24日凌晨，高潮来临，是拖带作业的最好时机。在现场守护多时的"德渝"轮作为拖带的主拖轮，联合"德浜"轮一同实施拖带作业。此时，船上15名船员已经连续作战超过24小时，但他们不能有丝毫的退缩，因为他们知道难船上还有794个鲜活的生命，有数百个家庭正心急如焚地等着他们早一刻回家。

船长在驾驶台坐镇指挥，轮机长在机舱保驾护航，大副、大管各带一队，送缆绳、调船位、收放缆、抛双锚、稳难船，大家各司其职，紧张有序地进行着难船拖带前的准备工作。

## 勠力同心解困境

海上天气风云变幻，一定要赶在高潮退去前让船舶脱浅。面对时间紧、任务重、环境险等各种困难，"德渝"轮全体船员没有半点迟疑，全船上下齐心协力、分秒必争，以精湛的操作和完美的配合，抓住了脱浅的最佳时机。

7时45分，经过15个小时的艰苦奋战，在794名遇险人员期盼的眼神中，"德渝"轮成功将搁浅船舶拖带出浅，并一直守护"北游25"轮安全靠泊码头。

旅客平安下船后，远远望着"德渝"轮，迟迟不肯离开，这既是对"德渝"轮全体救助人员的感激，更是对中国救捞的认可。

事后，烟台打捞局先后收到来自中国海上搜救中心、交通运输部救助打捞局和广西壮族自治区政府的感谢信，对"德渝"轮的救助行动给予了充分肯定和诚挚感谢。

在此次救助行动中，"德渝"轮在交通运输部的统一指挥下，历经长达15个小时的连续奋战，以高度的责任心和精湛的船舶操纵技艺，克服了气象恶劣、环境复杂等一系列困难，成功将遇险客船救助脱浅，保证了全船794名遇险人员的生命安全，最大限度避免了海洋环境污染及船舶财产损失，在关键时刻发挥了关键作用，也刷新了中国救捞单次救助人数的纪录。

## 矢志奋斗践初心

在南海驻守的日子里，每一次救援都是一次践行使命、追寻初心的历练。现任"德渝"轮船长房承岗告诉记者，就在2021年10月9日，台风"狮子山"影响期间，"德渝"轮克服恶劣天气，成功救助了3名因渔排断裂遇险的渔民。

"在救助的过程中，全体船员对救助这件事只有一个朴素的想法，那就是：救一个人就等于拯救了一个家庭。"房承岗说，"作为烟台打捞人，我们深深感到海上人命救助是一份很伟大的事业，它值得我们用一生去追寻和奋斗！"

危急时刻，共产党员挺身而出、不畏艰险、冲锋在前是"德渝"轮每次救援任务制胜的关键。"我们烟台打捞局有一个优良传统，那就是把党支部建在船上，坚持思想理论武装，把船舶党支部建设与海上救助队伍建设深度融合，不断提升救捞履职能力，充分发挥船舶党支部的战斗堡垒作用。"房承岗介绍，对于海上救助，"德渝"轮党支部日常部署精心准备、充分动员，关键时刻上下同欲、齐心协力。每次救助任务完成后，"德渝"轮党支部都会开会分析、总结经验。"我们还有非常完善的救援制度。船上根据海事部门和单位的要求，制定了严谨的应急救援反应规范。"房承岗说。

虽然远在大海，每年与家人总是聚少离多，船上环境温度高、湿度大，但一旦接到救助指令，"德渝"轮全体船员们必定同"德渝"轮一道迎风出击。因为，"把生的希望送给别人，把死的危险留给自己"是每个"德渝"人镌刻在骨子里的神圣职责和使命！

# 东海"海上先锋"

## —— 记东海救助局上海救助基地特勤救助队

《中国水运报》记者 甘 琛

在东海上,有这样一支队伍,他们踏浪前行,无惧风雨,危急时刻创造一个又一个生命奇迹;他们披荆斩棘,不畏艰险,惊涛骇浪激荡着他们一次又一次逆行的身影。他们就是东海卫士——东海救助局上海救助基地特勤救助队。

东海救助局上海救助基地特勤救助队

截至2021年底,上海救助基地特勤救助队有潜水救生员9名,队长、副队长各1名，队伍以"履行新职责、练好基本功、作出新业绩、争创先锋岗"为品牌特色，努力通过党建引领打造一支"素质过硬、作风过硬、纪律过硬、实绩过硬"的救援尖兵队伍。

## 东海的"守卫者"

特勤救助队一直战斗在海上人命救助第一线，不惧危险，不怕辛苦，冲锋在前，出色完成各类急难险重的救援任务。

2015年11月，"苏赣渔运02866"轮在长江口灯船东北约120海里处倾覆，船上7人生死未卜。

队长唐顺杰带队抵达现场后被告知，失事船船体翻扣，失踪人员很有可能还被困在船舱中。

11月的天气寒意浓浓，凌晨时分的水面上还起了一层薄雾。温度低、能见度差，都会让潜水作业危险系数增加。现场水流湍急，危险的阴霾笼罩在整个作业现场，气氛凝重得有些让人喘不过气。为了防止潜水员"脐带"与渔网发生缠绕而导致危险，水面支持人员注意力高度集中，时刻观察船舶稳性的变化。历经36个小时的不眠不休，最终成功将一名被困船员救出。

2018年1月，"桑吉"轮与"长峰水晶"轮碰撞起火燃爆。队长唐顺杰作为东海救助局专家组成员，主动请缨，赶赴现场，参与救援评估、无人机监控、现场测温、溢油处置等工作，特勤救助队的两名党员还登船执行了"桑吉"轮碰撞溢油燃爆重大救助抢险任务。

2020年8月20日凌晨，载有3100吨汽油的"隆庆1"轮与砂石船

"宁高鹏688"轮在长江口水域发生碰撞,"宁高鹏688"轮迅速沉没,3人遇险;"隆庆1"轮货舱破裂,汽油泄漏,继而引发爆燃,14人失联,并且随时可能再次发生爆炸。

危急时刻,特勤救助队立即前往增援,他们冒着生命危险圆满完成登轮搜寻、危险化学品侦检、黑匣子搜寻和难船拖带守护等任务。经过近60个小时的不懈努力,特勤救助队成功登轮,并从难船带回8具遇难者遗体,展现了高超的专业技能和不畏艰险、顽强拼搏、团结协作的精神。

近两年,特勤救助队圆满完成中国国际进口博览会水上安全保障任务、SZ系列保障任务、"隆庆1"轮失火救助任务、长征五号B运载火箭返回舱回收保障任务等20起救助任务,展现了国家专业海上救助队伍的良好形象。

特勤救助队救助现场

## 强化专项苦练"内功"

每一次执行任务都是一次考验,容不得有半点失误和闪失。

"应急救援是一项专业性很强的工作，单有一身胆气是不够的。我们做多方面的培训，全面提高专业技能，不仅是为了救助更多的遇险者，也是为了保护自身的安全。"唐顺杰说。

特勤救助队能在救援任务中屡建奇功，离不开刻苦训练和对业务工作的精益求精。执行任务之余，唐顺杰和队员一起，将海上各类突发事件应急处置、失事航空器搜寻打捞、沉船/翻扣船事故救援、海上消防防化任务等，编写成一个个救援脚本，逐一分析研究救助技术要点，并进行针对性的水上、水下训练与测试。

在专题训练这一方面，特勤救助队一直探索、创新、实践训练新模式，推进专题化、分段式训练模式改革，将专题训练分为理论学习、装备训练、实操训练、综合演练四个阶段，把各单项科目融入实战背景之中，提高训练的针对性。与此同时，开设新训练科目，进一步贴近实战需要：翻扣船救援方面，新增水下拖带假人、双人配合进舱、渔网缠绕脱困、水下盲摸等训练；防化消防救援方面，重点攻关快速转运救助人员登轮、个人安全防护与紧急情况处置等环节的技术难题与配套训练。最终，通过有脚本演练、无脚本演练和综合演练三种形式，检验专项训练工作成效，进一步提升参训队员专项技能水平和分析评估、指挥决策、组织协调等综合应急处置能力。

每一滴汗水，每一分进步，每一项成果，都见证着特勤救助队稳健发展的步伐。据统计，特勤救助队员先后参与编写翻扣船救援、防化消防救生、沉船探摸、坠海航空器救援等专项演练脚本10余个，组织开展各类针对性演练20余次。

## "四比一创"勇争先锋

"如果说特勤救助队的组建大大提升了救助基地'三基'建设的强度,那么,开展'精品支部'培塑则为东海救助事业的发展注入了新的营养。"东海救助局党组书记王鹤荀说。

2020年以来,上海救助基地基层党支部确定开展以"比学习、比创新、比技能、比实绩,创精品党支部"为主要内容的"四比一创"党支部活动。

比学习,全面提升理论素质。按照推进学习型党组织建设的要求,在基层党组织和广大党员中开展"比学习,促素质提高"活动,牢固树立全员学习、终身学习的理念。

比创新,全面提升救助技术。牢固树立创新意识,坚持在重点救助设备、救助手段、小改小革上创新出成果。坚持在谋划重点上求创新,用新思路打开新局面。

比技能,全面提升救助能力。结合岗位实际,通过季度考核形式,大力开展岗位练兵、个体技能竞赛,培养各个方面的技能多面手和业务标兵,同时调动职工学习技术、钻研业务、提高技能的积极性,全面提升队伍的救助综合能力。

比实绩,全面提升管理水平。围绕救助中心工作目标、思路和举措,充分发挥每一名支部党员的先锋模范作用,勇挑重担,勇于奉献,在急难险重等重大救助任务中,冲得上去,救得下来。

站在新的起点,特勤救助队还将与时俱进,以创新抢占先机,牢

**生的希望** / 我身边的最美搜救人（二）

固树立以人民为中心的发展思想，充分认识救助发展所处的历史方位，做到准确识变、科学应变、主动求变。切实履行好海上救助职责，强化使命担当，为加快建设交通强国和现代化专业救捞体系贡献一份力量。

救助队员给学生讲授水上求生知识

# "海事蓝"守护江城水上安全

## —— 记武汉海事局武汉港区海事处

《中国水运报》记者 杨翼远

在武汉长江大桥下,有一群默默坚守的蓝色身影,他们与大桥相伴而生六十余载。他们所在的单位就是被誉为"万里长江第一站"的武汉海事局武汉港区海事处。

海事处执法人员在桥区重点水域巡航

武汉港区海事处因水而生、临水而居、依水而强,几十年如一日坚守初心使命,被称为"大桥下的堡垒"。近几年,该处成功保障第七届世界军人运动会顺利举行,并在打赢新冠疫情防控阻击战、战胜长江流域特大洪水等急难险重的工作中诠释了什么才是"崇尚荣誉、不辱使命"的"首站"精神。

## 向世界展示"海事蓝"的专业形象

两江四岸，流光溢彩，游客云集。

2019年国庆假期前后，恰逢第七届世界军人运动会召开，来自五湖四海的游客汇聚武汉三镇。在长江游船上观赏璀璨夺目的武汉灯光秀，成为众多游客的首选，他们在武汉关轮渡码头和游船码头前排起了长龙。

"关门！关门！"

待手中计时器跳到30秒，钱超猛然按下停止键并大声喊道。

"游客太多，我们每次都会提前计算时间，时间一到就暂时关闭登船通道，给前面的游客预留安全登船空间，避免渡船超载和群体踩踏事件发生。"第七届世界军人运动会期间，武汉港区海事处作为水上安保工作的现场指挥部，第一时间召开动员部署会，成立了军运会水上安保工作专班，贯彻落实"五个确保、五个不发生"的工作目标，走访辖区涉客船舶单位，要求各单位按照军运会期间水上安保总体要求，严格执行禁限航令，严格规范航行行为，为游客提供安全舒适的观赏体验。

据统计，2020年9月15日—10月25日，武汉港区海事处开展巡航293艘次，现场驻守530个小时，出动执法人员1000余人次，检查船舶428艘次，完成6次重大安保任务，维护旅客运输近50万人次，实现了辖区涉客船舶零险情、零事故，向世界各地游客交出了一份圆满的"海事"答卷。

执法人员现场维护夜游船舶航行秩序

## 对新冠疫情勇敢说不的"逆行者"

"我是党员，应该让我先上！"

"我家住在武汉，我也可以！"

"我也要上，不能让疫情击倒我们！"

……

2020年初，新冠疫情来势汹汹。在武汉"封城"，举国上下投入轰轰烈烈的新冠疫情防控阻击战之际，武汉港区海事处6名党员勇敢逆行，舍小家顾大家，承担起长江武汉段水上应急搜救的"中枢"

功能。

"我知道了,你在家要注意安全防护。孩子的奶粉我想办法让朋友送过去。"挂断电话,李学超心中对家人充满愧疚。由于市区封闭管理,家里不满3个月的孩子即将面临奶粉"断供",在电话中安抚好抱怨的妻子后,李学超又投入了紧张的值守防疫工作中。

"'××'号,你们急需的降压药,我们已经协调执法大队所在社区帮你们购置完毕,请你船在鹦鹉洲长江大桥水域下减速慢行,我们将药品送给你们。"疫情防控期间,武汉港区海事处值守人员积极协调社区、供货商,为江上船员提供了他们急需的药品、食品。

2020年武汉"封城"期间,武汉港区海事处全体执法人员逆行而上,连续坚守87个日夜,在确保内部安全的同时,竭尽全力做好港中心区安全监管工作,有力保障了辖区5座桥梁的水上安全和武汉长江经济大动脉顺畅运行。

## 做洪峰浪尖中凸显担当的"首站"人

2020年7月12日,长江1号洪峰即将通过武汉。

"护闸口就是上战场!我是党支部书记,这个头我必须带,我的脚步不能停!"瓢泼大雨中,面对持续高涨的江水,武汉港区海事处党支部书记高曦不顾腰痛,带领干部职工装起一个个沙袋,在洪水凶猛处再次筑高闸口堤坝。

"98抗洪我是被守护的一代,现在我为守护武汉出一份力!"武桥海巡执法大队副队长陈晶时刻坚守一线。

长江1号洪峰抵达后，汉口水位达到了28.77米，武汉长江大桥水上通航高度严重受限。

"汛情期间，队里每天都接到需要核查船舶高度的来电，我们也总会第一时间前往现场核查。"这次也不例外，陈晶一大早便带着当班人员，前往白沙洲尾临时锚泊区，核查需要下行过桥船舶的实际水上高度，确保船舶安全平稳驶过桥区。

面对特大洪水，武汉港区海事人临危不惧，克服办公区断水、断电、断网等困难，连续奋战61个日夜，在洪峰浪尖用实际行动诠释了共产党员的责任与担当，成为展现新时期"首站"风采的一个缩影。

近年来，武汉港区海事处始终秉承"首站"精神，聚力建设"大桥下的堡垒"品牌文化。

为此，武汉港区海事处每年开展跨部门、跨区域的综合演习10余次；提升新装备救援效率，智能救生浮具、无人机、20米级巡航救助海巡艇成为水上救援"明星"；连续十年共邀请中小学生26批次600余人次到武汉港区海事处参观学习，了解水上安全知识、航海文化和海事发展；年均开展"船员流动课堂"30余次，发放宣传资料780余份；创新组织6期"科普小课堂"视频，通过视频讲解的新方式成为船员、读者的"团宠"，在微信、快手等手机应用中广泛传播。

奋楫笃行，履践致远。武汉港区海事处将继续守初心、担使命、筑堡垒，持续推动水上应急救援建设，在黄鹤翩跹的长江之滨夙兴夜寐、执着坚守，维护这一幅百舸争流、秋水长天的壮美画卷，为长江航运高质量发展贡献海事力量。

生的希望 / 我身边的最美搜救人（二）

海事处执法人员开展常态化水上巡航

# 情洒海事巾帼志

## —— 记烟台海事局烟台溢油应急技术中心 尹晓楠

《中国水运报》记者 杨 柳

一方小小的实验台,就是她的"战场"。"海事鉴定职责重若千斤,一丝一毫不能马虎。"

在这里,她和同事们破解"油指纹"密码,用智慧践行"让海洋更清洁"的海事使命。

尹晓楠

# 生的希望 / 我身边的最美搜救人（二）

尹晓楠，现任烟台海事局烟台溢油应急技术中心鉴定科科长。参加工作以来，她坚守建设我国北方海域船舶溢油防治示范工程的初心和使命，成为独当一面的海事鉴定技术骨干和我国水上溢油研究领域前沿冲锋陷阵的勇者，先后荣获"全国交通运输系统先进工作者""交通运输部'两学一做'优秀共产党员"等荣誉称号和首届中国航海学会青年科技奖等。

## 一枚"油指纹"，锁定溢油者

每一种油样品的光谱、色谱图都不一样，如同人类指纹一样，具有唯一性。因而，在尹晓楠的实验台上，船舶油污染事故溢油鉴别和船舶碰撞事故油漆检验，是查找肇事嫌疑船的重要手段。

工作中的尹晓楠

2021年12月，连云港某海域发现不明油污，当地海事部门调查后初步认定一艘外国籍船舶为重点怀疑对象，执法人员采集了包括该船在内的8条嫌疑船舶的29个嫌疑油样和3个海面溢油，送至烟台溢油应急技术中心开展溢油鉴别。

尹晓楠接到油样时，已临近下班。"船期紧，这份油样很急，今晚能出结果吗？"海事调查人员恳求。

"行！"尹晓楠二话不说，放下手中的包，开始分析鉴别。分离，测试，数据分析，研究讨论……一系列操作忙而不乱。鉴定结果连夜出炉，排除了该外国籍船舶的嫌疑。

在随后的鉴定工作中，尹晓楠凭借多年的经验，确定溢油与29个嫌疑油样的"油指纹"特征都不一致，但与其中一艘船的货舱油样高度相似，为事故的调查工作指明了方向。后经进一步调查，成功确认了船舶溢油的违法事实。

"多年来，尹晓楠先后为发生在渤海、成山头、青岛、镇江、广西等地的200多起溢油事故，提供了精准高效的技术鉴定，'海洋清洁卫士'她当之无愧。"烟台溢油应急技术中心主任马建民竖起大拇指说道。

## 拿证据锁定肇事者

除船舶油污染事故溢油鉴别工作外，尹晓楠还负责船舶碰撞事故油漆检验，为查找肇事嫌疑船舶、破解船舶碰撞事故提供了不可或缺的证据支持。

2021年11月，我国南方某海域，一艘渔船被撞倾覆。当地海事部门调查发现，事发时一艘货船正航经附近水域，执法人员采集了该货船船体和渔船破损处的油漆样品，送至烟台溢油应急技术中心开展油漆检测。

尹晓楠观察后发现，两船的船舶油漆层数、颜色非常相似，均

## 生的希望 / 我身边的最美搜救人（二）

工作中的尹晓楠

由红、黑两种颜色组成。"油漆组分受外界影响特别大，两个取样点直接间隔超过1米，鉴定结果就很可能是不一样的，而事故船与嫌疑船油漆层数、颜色高度相似，更是加大了鉴定难度。"尹晓楠解释说。

一次又一次地观察、一遍又一遍地分析，尹晓楠最终确认渔船破损处与货船船体黑色油漆的种类相同，为该起事故的调查提供了有力证据支持。

"要本着最客观、最精准的态度，得出最多的信息，提供最大的支持。"尹晓楠深知，自己所给出的鉴定结论，不但是重要的定案依据，更是海事法官指向肇事者的利剑，不能有丝毫的懈怠和疏漏。

有次国庆节期间，南方海域发生了一起船舶碰撞事故，嫌疑肇事船即将离港远航，急需开展油漆检验。尹晓楠了解情况后，毅然放弃休假，连夜开展化验分析，及时将分析结果送到执法人员手中，为事故处理提供了科学证据。

## 填补海事鉴定空白

技术研究如逆水行舟，不进则退。面对国际上频发的海上溢油灾难，面对各种日新月异的前沿技术，尹晓楠时常在想，如果此类事件发生在我国,该如何应对?为此,多年来,尹晓楠积极投身各项研究,先后承担9个国家级和省部级科技项目,参与2项交通运输行业标准的编制,研究成果填补了多项国内海事鉴定技术空白。

2008年初,刚进入海事系统不久的尹晓楠,接受了"水上溢油应急事故处理技术"研究的任务,这是我国首个针对船舶溢油污染防治的国家级课题,对于有效遏制溢油事故发生、保护海洋环境具有重要意义。

尹晓楠以项目负责人的身份,承担了溢油鉴别的研究工作,目的在于规范"油指纹"的快速鉴别标准和程序,从而确认溢油来源。

在实验室,她已记不清做过多少次推倒重来的实验测试;为得到一个准确的数据,她辗转来回地反复求证;在查阅大量资料中,更是

尹晓楠(左一)出海采集油污样本

度过了无数个不眠之夜……"坚持一下，再坚持一下！"最终，尹晓楠独立完成了实验测试、数据分析等工作，出色地完成了研究。

从我国首个针对船舶溢油污染开展的国家级课题项目"水上溢油应急事故处理技术"研究，到交通运输行业标准《水上溢油快速鉴别规程》制定，再到交通运输部海事局"船舶、海上石油平台油指纹库应用技术和建设机制研究"等项目，尹晓楠的研究成果填补了多项国内海事鉴定的空白，使溢油鉴定速度比现行国家标准提高了1~2倍。

2014年至2022年，尹晓楠所在的科室连续两次获得国家资质认定（计量认证）和国家实验室认可的"双料证书"，这也是海事系统唯一获得"双料证书"的实验室，其鉴定结果可以在50多个国家和地区互认，极大提高了我国海事鉴定的权威性。

2016年，以尹晓楠的名字命名的"尹晓楠溢油应急创新工作室"先后被授予"直属海事系统劳模先进创新工作室""山东省青年文明号"和"山东省劳模和工匠人才创新工作室"等称号，成为我国海事溢油应急力量的创新平台和彰显我国海事系统溢油应急技术风采的"新名片"。

使命、责任、道义，尹晓楠一以贯之地坚守；党、国家、事业，永不停息地在她的血脉奔涌。面对骄人的业绩，尹晓楠并不自满与自傲，她正在与同事们一起，迎接新挑战，展现新作为，以拼搏换来成绩，用奋斗赢得未来，为交通强国建设和海上搜救事业发展贡献自己的青春力量！

# 南海上的"救援先锋"

## —— 记三沙海事局

《中国水运报》记者 龙 巍 张植凡

"三沙归来不看海"。地处南海要冲的三沙群岛,海域广阔,交通繁忙,地缘政治敏感,气象海况复杂,事故险情频发。在这些远离大陆的岛礁上,有这样一支队伍,扎根近十年,用坚如磐石的信念、过硬的应急能力,在广袤南海中劈风斩浪,救助遇险船舶和人员。他们就是勇毅前行的三沙救援人。

三沙海事局集体照

近年来，在海南海事局、海南省海上搜救中心的悉心指导和三沙市人民政府的大力支持下，三沙海事局持续深化搜救体制机制建设，不断强化装备设施配备，着力提升海上应急处置效能，为南海海上安全生产形势的持续稳定、国家重大战略的稳步推进作出了积极的贡献。

## 成绩显著，搜救成功率达 98.8%

2012年12月，三沙海事局成立。三沙海事局局长邹先芝告诉记者，起步之初，三沙海上搜救分中心尚未成立，海上搜救体系不完善，三沙海事局积极组织力量前往其他中心调研取经，并起草相关制度文件，推动三沙海上搜救分中心于2013年7月正式成立。近年来，三沙海事局牵头组织起草修订《三沙市海上搜救应急预案》《三沙市海上搜救中心办公室值班制度》《三沙市海上搜救奖励专项资金管理办法》等文件，初步建立起我国第一个深远海海上搜救体系。

"三沙市管辖的岛礁如同星罗棋盘一样孤悬茫茫南海，离海南本岛最少数百公里。"邹先芝介绍，"海况复杂，船舶搁浅事故时有发生，尤其在台风季期间，搜救人员更要在风口浪尖上挺身而出，战风斗浪，救援遇险船舶和人员。"

搜救分中心成立后，三沙市船务管理局、驻岛部队、海警、国家专业救助力量等23家单位的搜救力量汇聚成一个高效的行动体。三沙海事局实行24小时值班，各部门建立应急联动机制，一有险情立刻启动应急响应，协同救助，逐步形成"政府主导，军警民相互协作，社会积极参与，反应高效快速"的良好海上搜救格局。近年来，为了进一步提高三沙市海上应急搜救的组织、协调和指挥能力，三沙海事局连续两年牵头组织多部门进行海上应急演练。

24小时不间断值守

作为三沙海事局首位前往南沙群岛开展实地调研的工作人员，该局某处副处长孙于翔积极参与"海事南进"和"海上搜救向南"行动。在三沙海事局的推动下，2017年，南海救助局大型专业救助船正式进驻南沙海域，填补了南沙海域专业救助力量的空白，三沙海上搜救能力范围大幅度向南扩展。

经过多年努力，三沙海上搜救工作实现从无到有、从有到优的跨越，海上应急救援体系持续完善，救援能力大幅提升。据统计，近五年来，三沙海上搜救分中心共成功处置险情101起，协调派出船舶121艘次、飞机55架次，成功搜救海上遇险人员403人，搜救成功率达98.8%。

## 彰显风范，履行海上救援国际义务

南海是远东至东南亚、印度洋等世界重要贸易航线的必经之路。南海海上搜救能力的重要性与日俱增。南海海上搜救事业的发展，不仅关系着亚太地区海洋经济的发展，也对我国维护南海岛礁主权和海洋权益起到举足轻重的作用。

为此，三沙搜救人勇担使命，及时有效地应对各类海上突发事件，对在中国管辖海域遇险的船只和船员提供及时、必要的搜寻救助，多次得到国内外各方的充分肯定。

2019年6月5日深夜，越南外交部领事局联系中国驻越南使馆，通报一艘编号为"DNa90439TS"的越南渔船上有一名船员受伤流血不止，危及生命安全，急需得到中方的紧急救助。三沙海上搜救分中心获悉有关情况后，立即派出搜救人员前往有关海域搜救。经过不懈努力，连夜找到有关越南渔船，并将该受伤渔民及陪护人员送往永兴岛上的医院接受救治。

2020年12月23日，海南省海上搜救中心接报，塞拉利昂籍货轮"DONG YANG"轮在南沙群岛万安滩附近海域严重倾斜，船上10名船员弃船后乘坐救生筏逃生。险情核实后，三沙搜救人紧急出动，全力开展救助，最终成功救起10名遇险船员。这次遇险事件引起国内外高度关注，时任外交部发言人赵立坚在例行记者会上通报表示："海上人命救助是国际人道主义的行动，此次成功救助是对中国维护南海国际船舶航行安全能力的一次检验，充分彰显了中国在南海海上人命救助的责任和担当。"

## 最美逆行，用信念铸就"南海守护神"

有着"西沙黑"脸庞的三沙海事局副局长蔡华文，是最早主动请缨来到"高温、高湿、高盐、高辐射""缺水、缺电、缺蔬菜"的永兴岛开展应急值守的海事人之一。近十年来，他多次主动冲到救援一线，在大风大浪中处置险情，救助遇险人员。

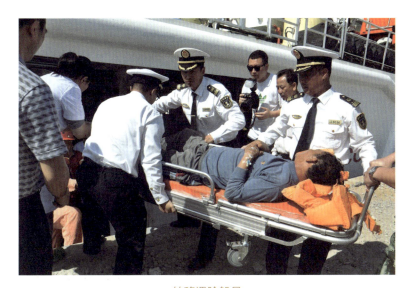

**转移遇险船员**

"晚上听到值班电话响最揪心，一旦响起，很有可能就是海上发生了险情"。蔡华文多次参与执行海上搜救任务，对值班搜救深有体会。谈及印象最深刻的一次搜救任务，蔡华文告诉记者，2013年，超强台风"蝴蝶"正面登陆三沙的时候，蔡华文和团队成员连续9个日夜坚守在岗位上，马不停蹄地组织协调搜救台风中遇险的船舶和人员。

# 生的希望 / 我身边的最美搜救人（二）

"那一次我凌晨1点接到船舶的求救电话，一接到电话就立马乘船出海指挥救助。当时风高浪急，救援船在风浪中左摇右晃，一直到第二天11点才靠岸，救援船都差点'散架'。"蔡华文说。被救的船长和船员安全上岸后，热泪盈眶地握着他的手激动地说："在南海航行，搜救队员就是我们的守护天使！"

刚刚出海巡查归来的王永平，制服上沾满了白花花的盐霜，那是海水打湿又晒干后留下的痕迹。有着5年驻岛经验的他告诉记者，搜救值守要保持24小时戒备状态，绷紧神经，在值班期间，他从来不敢真正合眼，一听到铃声响就有幻听，以为是值班电话。"三沙海域海况恶劣，许多救助任务都是急难险重的。茫茫大海中，几百吨的小船与几千吨的大船对接转移伤员，更是惊心动魄。我们越早知道险情，就可以越快做出救援安排，搜救成功率就能更高一点。"

炎炎烈日下开展日常巡航值守

"哪里有险情,哪里就有三沙搜救人的身影。"使命在肩、不容松懈,每一次出海搜救,都是在践行铮铮誓言的生死考验。时刻把人民生命安全放在首位,这是每一位三沙搜救人铭刻在骨子里的宗旨。

风劲帆满海天阔,俯指波涛更从容。坚守在浩瀚蓝海深处的三沙搜救人牢记使命,执信念之笔,用一次次勇毅的逆行、成功的救助书写荣光。未来,这支队伍将继续迎难而上,砥砺前行,为守护三沙海域人命财产安全不懈奋斗!

# 危难之中护安澜

## —— 记舟山沈家门海事处副处长 郭建红

舟山海事局 刘浩立 刘继波

舟山海域点多、线长、面广，是交通运输部确定的全国"六区一线"重点管理水域。守护这方海域安澜，是每一名舟山海事人的神圣职责。他们持续构建应急处置体系，不断凝聚救危扶难的磅礴伟力，在千钧一发的危难时刻，筑牢海上交通安全最后一道堤坝。

郭建红

这其中，少不了舟山沈家门海事处副处长郭建红的身影。作为一名曾经的远洋船长，郭建红是舟山海事局海上搜救领域的"领军人才"，专业素养扎实，实战经验丰富。他以一颗赤诚初心，常年奋战在海上应急救助第一线，多次组织和参与辖区重大海上搜救行动，海上交通安全、海洋经济发展的军功章上，有他的一份功劳。

## 大难时彰显英雄本色

2020年4月11日，正值大潮汛，海上出现9级大风、5级大浪并伴有暴雨。宁波籍油船"宁大10"轮在舟山登步岛附近海域触礁搁浅，船上7名船员经全力救助全部安全转移。但随后，"宁大10"轮因严重进水沉没，一场沉船和溢油处置攻坚战随即打响。

作为现场指挥的郭建红，在随后30余天的应急处置中，全程参与、坚守岗位、连续奋战，确定了"防、控、清、抽"总体策略，克服气象、海况、技术等种种不利影响，先后组织协调333艘次清污船、163艘次打捞作业及辅助船，开展沉船排摸堵漏、海面布控回收、水下开孔抽油等工作，成功实施了浙江省首次30米水深海底抽油，共计回收溢油约340.5吨，不仅保障了海上交通安全，还保护了海洋生态环境。

险情总是不期而至，必须时刻做好准备！

2021年5月25日下午，在舟山马峙锚地锚泊的油船"瑞运25"轮突发火灾事故，船上9名船员遇险。

郭建红第一时间带领应急处置突击队，冒着巨大的风险，迅速赶赴事发水域，成功将船上9名船员安全转移至海巡艇上。

随后，作为现场指挥，他又协调海事、海警、消防、社会救助等多方力量，组织海巡艇、拖轮、消防拖轮、综合应急船等10余艘船艇，妥善有序开展事发水域安全警戒、事故船灭火等处置工作。当晚，事故船火灾被成功扑灭，未发生爆炸、溢油等次生事故。

参加海事工作10余年来，像这样惊心动魄的救援现场，郭建红已经历了数十次："浙岭渔28916"触礁搁浅13人被困、"惠丰9289"船体进水4人遇险、"浙瑞渔12122"浓雾中与他船碰撞船体进水11被困、"宁连海1206"沉没4人落水、"浙路渔88897"与一货船碰撞4人落水……

面对急难险重的海上搜救任务，他十几年如一日地战斗在海上搜救前线，以临危不惧的勇气、舍生忘死的情怀、不负人民的担当，为保障人民生命财产安全和海洋清洁作出了重要贡献。2019年至2021年，他共组织或参与海上搜救行动51次，成功救助遇险船舶35艘次、遇险人员237人次。

郭建红在现场指挥搜救行动

## 硬仗中更显责任担当

强风、暴雨、高潮位"三碰头"！

2021年第6号强台风"烟花"在舟山普陀沿海登陆,成为新中国成立以来直接登陆舟山的第4个台风,郭建红所在的沈家门海事处辖区正面遭受袭击。

面对"烟花",他发扬连续作战、顽强拼搏的精神,连续四天四夜坚守在海事处值班室。电话提醒、盯屏值守、现场应急处置,他都亲力亲为,没有一刻松懈。哪怕熬红了双眼,喊哑了嗓子,都还是继续坚守在岗位上。

7月24日20时,"烟花"正面来袭,值班员在远程监控时发现,锚泊于鲁家峙南侧水域的"纬集6"轮疑似走锚。当时沿海风力最大已达13级,海巡艇无法出动,怎么办?向上级汇报后,郭建红紧急协调拖轮赶赴现场开展救助。考虑到"纬集6"轮锚链过短,多次发生走锚,他果断调整救助计划,指令拖轮拖带"纬集6"轮至码头靠泊避台。

一起险情得到妥善解决,但这只是郭建红防抗台风"烟花"的一个缩影。其间,他科学指挥处置船舶走锚、断缆等险情10起,紧急协调拖轮将偏远海岛1名突发脑梗的老人安全运送至本岛医院进行救治,实现了"烟花"过境期间零沉船、零伤亡目标,打赢了这场防台救援的硬仗。

面对险情冲锋在前,面对艰险奋战在先,能打硬仗、善打硬仗,是这位海事人身上的标签。每次海上突发事件、急难险重任务,他都会主动要求奔赴一线,身先士卒靠前指挥,以实际行动传递信心和力量。在多次防抗台风、寒潮大风面前,他都带头冲在一线,带头清除隐患,带头救危扶难,带头疏港护航。

生的希望 / 我身边的最美搜救人（二）

夜间值守的郭建红（左一）

此外，在G20杭州峰会海上安保维稳等重大任务面前，他严格按要求做好重点船舶信息排查，带头开展现场巡航巡查和船舶安全检查，同时压实航运企业安全生产主体责任，有效排除海上安全与防污染不稳定因素，切实维护辖区安全形势持续稳定。

## 发展上贡献"蓝色智慧"

舟山是海洋大市，海域面积大大超过城市陆域面积。"海上宁"则"舟山宁"。

郭建红深谙此理。海上搜救是海上交通安全的最后一道堤坝，更是一项突发性、业务性、综合性很强的工作，需要现场指挥者具备专业的海上知识、丰富的搜救经验和果决的临场判断。在海事工作岗位上，郭建红充分加强理论实践，坚持在学中干、在干中学，不断增强适应航海新发展的搜救本领。

海上搜救不仅需要海事、救捞等专业力量，更需要其他涉海单位和社会志愿队伍广泛参与，完善海上搜救机制，加强搜救多方协同。郭建红积极发挥自身优势,为海上搜救和安全监管提供"蓝色智慧"。任职沈家门海事处副处长以来,他全面推进普陀区各涉海单位海上救助资源整合协同,建立健全信息互通、船艇互享、队伍共建、优势互补的协作机制。鼓励舟山市普陀区东极海运有限公司、舟山万邦永跃船舶修造有限公司为代表的辖区涉海企业积极加入海上应急抢险常备队伍,安排通航专家对民间救助力量进行海上人命救助培训,常态化开展应急队伍、船艇联勤联训联调和海上搜救及溢油应急演习,区域海上搜救能力持续提升。

**获救船舶企业向沈家门海事处赠送锦旗**

在郭建红的积极推动下,地方海上应急救援基金设立,《海岛医疗包船应急联动实施方案》施行,海岛应急医疗包船机制、对海岛伤病患者夜间包船开辟"绿色通道"等一系列举措得到落实。特别是在台风、寒潮等恶劣天气影响期间,客船停航避风,岛际交通停滞,他都会提前联系协调辖区内锚泊的大功率拖轮作为应急拖轮,分布在辖区重点水域附近值守,以便于在紧急情况下最大限度保障人民群众生命财产安全。

  自2017年以来,郭建红所在的沈家门海事处共协调出动应急医疗救助船舶200余次,成功救助急重病人超过200人。目前,海岛医疗应急救助机制日渐完善,已成为舟山群岛新区最具特色的惠民举措之一,为海岛居民成功打造海上生命通道。

# 以战斗之姿守卫长江

## ——记江阴海事局海巡执法支队支队长 毛灵

《中国水运报》记者 黄理慧

性格刚强的战士,牢记使命,打最硬的仗,啃最硬的骨头;内心柔软的战士,坚守初心,最大限度地保护群众的生命财产安全。他是"海事战士"毛灵,38岁的江阴海事局海巡执法支队支队长。面对危机时,他冲锋陷阵;面对群众时,他倾心服务,话语暖人心。

毛 灵

## 奋斗——热血男儿志守江

2006年，毛灵从武汉理工大学毕业后，入职中国海运集团。可之后他却选择了放弃。为何如此？原来，2008年毛灵随船在海上航行时，远远看到一艘船遇险，船员在高频电话中绝望地喊着"救命"，可还没等救援的船到现场，那艘船就沉了。"那时觉得好无助，心里很难受。"毛灵说。

如果说初心是奋斗的"原点"，那一天，他找到了奋斗的"原点"——当一名海事人，救更多的人。

2009年，毛灵考入江阴海事局。在做好本职工作的同时，他积极主动研究相关资料，一有空便向老船员请教业务知识，凭借之前的远洋航行经验，短短一年多，他就因工作出色而被调任到交管中心。

救人是毛灵加入海事队伍的初心。2015年，毛灵被调到韭菜港海巡执法大队后，他用自己的双手救起了一条条鲜活的生命。

2017年10月15日，风雨交加，江阴长江公路大桥下游有船舶沉没，并有人员落水。接报险情后，毛灵立即带领4名救援人员跳上海巡艇，飞速驶往事发地点。江面风大浪急，船舶颠簸严重，毛灵紧盯江面，仔细搜寻，终于发现了两名遇险人员，其中一人抱着块木头浮浮沉沉，另一人则抱着一个断成两截的救生圈瑟瑟发抖，十分危险。毛灵迅速抛投救生圈，收绳，拉起落水人员。两人获救时，离接警仅12分钟。

12分钟救起两人，这一消息在江阴迅速传播，网友们纷纷点赞，称他是"江阴妈祖"。

初心宝贵，恒心难得。多年来，毛灵参与救助的遇险人员达300余人，在江阴海事人的共同努力下，2017年以来，长江江阴段创造了零死亡的纪录，救助成功率达到100%。

毛 灵

## 锤炼——育兵铸魂善战斗

精精瘦瘦，精气神十足，是记者对毛灵的第一印象。他身上有着一种无坚不摧、无难不克，不畏艰险、连续作战的战斗气质。这与他始终战斗在一线、锤炼在一线、建功在一线有很大关系。

现场监管危险重重，但也最锤炼人、最考验人，最能触摸到"信仰的真谛"。2020年3月24日，在江阴过驳区，一艘船舶突然着火，毛灵带领救助人员齐心灭火。当看到火势涌向生活区时，他第一时间想到，那里会不会有煤气罐。当得到肯定的答案后，毛灵马上冲向厨房，此时大火离煤气罐的距离不足1米。"煤气罐要是着了，那肯定就要爆炸，参与救援的20多人都会受到威胁！"毛灵赶紧把衣服淋湿，憋住气直接冲进了厨房，可第一次冲进去时，浓烟滚滚，实在呛得厉害，他退了出来。在又吸了一口气后，他发动了第二次"进攻"，最终将煤气罐成功抱了出来。毛灵抱煤气罐冲出火场的画面被同事无意之中拍了下来，视频被放到网上后吸引了3万多人观看、1万多人点赞。网友纷纷在视频下留言："哪有什么岁月静好，不过都是那些英雄们默默无闻的守护，为江阴海事的英雄们点赞。""为你点赞，我们船民因为有你们这样的海事人而感到幸福。"……

乔木亭亭倚盖苍，栉风沐雨自担当。2017年以来，毛灵成功处置了20多起船舶险情，救助船舶37艘次，避免了上亿元的经济损失。

## 暖心——情系群众筑忠诚

一百多年前，革命先驱李大钊先生曾写道："青年之字典，无'困难'之字；青年之口头，无'障碍'之语。"毛灵特别喜欢这句话，身为战士，他觉得，只要冲锋的号角吹响，攻坚克难的脚步必须跟上。

2020年初新冠疫情暴发后，毛灵带领战斗队队员守一线、冲在前，打响了疫情防控阻击战，牢筑疫情防控长江江阴段堡垒。

2020年2月，毛灵巡航时遇到一艘湖北籍船舶，当得知船上人员每天只能靠方便面和咸菜度日，其中还有一个小孩时，他心里很不是滋味，便立即凑钱购买了蔬菜、水果等送到船上。

后来，毛灵发现船上缺乏生活物资是常态，就主动联系过驳区管理公司，由公司采购蔬菜、肉类，以原价配菜卖给船员，然后由海事帮忙运送上船。许多船员感动地说，万万没想到，疫情防控期间买同样多的菜，花的钱却比平时还少。

整个疫情防控期间，毛灵战斗队每天最多往返送菜30多次，共为船员们送去10余吨生活物资。

"仅我一身是铁，不如人人是钉。"在自我提升的同时，毛灵也注重队伍的建设，组建了以"忠于党、精于战、育尖兵、出经验"为方向指引的毛灵战斗队，大大提高了战斗力。

毛灵战斗队由7名小伙子组成，平均年龄只有27岁。

毛灵发挥指挥员的作用，做好"传帮带"，编制了党建引领能力、熟悉辖区能力、法规理解能力、语言沟通能力、搜寻救助能力、查违判断能力6种能力构成清单，帮助队员快速成长，培育了一批政治上过得硬、专业上拿得出、重难事抗得了、关键时顶得上的海事尖兵。

这支战斗队凭借出色的成绩荣获"直属海事系统先进青年集体"称号。战斗队集体和个人共收到锦旗30余面，摆满了整整一面墙。

在水上过驳区，他树立了水上黄沙过驳区监管标杆；在新夏港河口，他打造了江河海一体化监管江阴样板；在船舶污染防治方面，他创新实践船舶污染防治"江苏模式"；在水上专项整治方面，他重拳打击"三无"船、涉海运输内河船，吹响了水上交通安全治理冲锋号角。

往来的船舶，繁忙的港口，热闹的长江航运。看着货船平安出入港口，毛灵脸上流露出自豪的神情，"明天，继续出发"！

# 生的希望 / 我身边的最美搜救人（二）

值守中的毛灵

# 锚定安全目标　汇聚搜救合力

—— 记天津临港海上搜救分中心"24+大平台"团队

《中国水运报》记者　杨　柳

成功处置辖区海上险情40起，调派救助船舶104艘次、救助直升机5架次、无人机13架次，救助遇险船舶42艘次，救助遇险人员224人……

2018年成立以来，天津临港海上搜救分中心"24+大平台"团队（简称"24+大平台"团队）20名搜救经验丰富的业务骨干实行班组运行机制，对水上交通安全监管、海事服务保障、应急处置等各项工作高度统筹并持续推进，锚定安全目标，汇聚搜救合力，共同守好海上安全的最后一道防线，保障辖区水域海碧天蓝、船畅人安。

## "快"在急时抢生机

"搜救中心，'浙××'轮在概位北纬38度54点35分、东经117度55点56分位置搁浅，船上共3人，船舶进水，船体已倾斜，我们一直在排水，但进水量还是控制不住，请求救助。"

2019年4月9日凌晨3时20分，"24+大平台"团队接到"浙××"

# 生的希望 / 我身边的最美搜救人（二）

"24+大平台"团队集体照

轮在大沽沙航道防波堤搁浅的消息，随后立即开展救援工作。仅1小时左右，船上3人在"24+大平台"团队的协调指挥下，被安全转移到搜救船舶上。

"24+大平台"团队快速救援的背后，离不开平时对大量信息的采集与录入整理。险情发生时，"24+大平台"作为指挥中枢，可以通过大数据的收集，指挥调度全港应急搜救力量科学作战，提高辖区突发应急事件的感知能力和应急力量的反应处置能力，有效减少辖区水上险情引发的次生灾害。

"我们平台不仅掌握每艘船的吃水、载重、联系方式等静态信息，值班人员还能实时查看船舶所处的位置与状态，一旦发生险情，值班人员能在第一时间查到周边适合救助的、距离最近的船舶，用最快的时间、最科学的方法，进行最有效的施救。""24+大平台"团队成员刘树剑介绍。

在海上突发事件应急处置中，"24+大平台"团队有闪电般的快速营救，也有不到最后一刻决不放弃的海上搜寻。

值守中的团队成员

2021年4月20日，天津海滨浴场附近发生无名快艇翻沉事故，接警后，团队迅速与报警人取得联系，核实信息并立即启动搜救应急预案。陆地搜寻715公里，海上搜寻面积近410平方公里，长达127个小时的搜救过程中，"24+大平台"团队成员夜以继日地坚守岗位，协调各单位、各部门开展工作，不放弃丝毫线索。在一次次"以人为本"的搜救中，辖区海上应急资源日趋丰富，整体应急能力逐渐提升。

## "护"在平时除隐患

"'丘××'轮,交管发现你船速度和位置异常,请问你船现在是什么状态?"2021年6月3日,"24+大平台"团队值班人员发现天津港大沽沙航道出港船"丘××"轮速度异常、AIS偏离出港航道,赶紧询问相关情况。

"交管中心,'丘××'轮主机故障了,目前无法控制船位,请求救助。"经询查,引航员报告该轮发生主机故障,余速只有2.4节,失去舵效,因风流较大,无法控制船位。

确认情况后,"24+大平台"团队值班人员立即启动应急预案,协调附近相关船舶开展救援工作。20分钟后,该轮在拖轮的协助下稳住船位,此时200多米长的"丘××"轮,距浅点已不足300米。由于"24+大平台"团队值班人员及时发现异常并采取措施,成功避免一起搁浅险情。

"船舶失控,轻则搁浅、船体损坏、耽误船期,重则船体倾覆、造成巨大经济损失,还会对环境产生不利影响。所以,加强防范,及时提醒船舶防范搁浅、碰撞方面危险,也是我们'24+大平台'团队重点推进、优化的工作。"刘树剑介绍说。

目前,"24+大平台"已实现险情防控结合,可以对即将发生的险情进行提前预判,并妥善处置防波堤渔船搁浅、夜间航道主机故障等多起险情。2018年初至2021年11月20日,"24+大平台"对驶入辖区危险海域的渔船、不明船舶等进行安全提醒共计2856次,有效避免搁浅、碰撞等险情事故的发生；对27起主机故障、舵机故障等机损险情进行及时有效的应急处置，避免发生碰撞等次生事故。

值守中的团队成员

海上救助，"防"与"救"都是重点。"24+大平台"团队在不断优化预防的同时，也积极开展针对性、实用性强的搜救演习演练，寓战于练、练战结合。通过开展一线应急搜救人员培训，天津临港港务集团有限公司、天津市滨海新区气象局等25家成员单位的搜救联络员及搜救志愿者通过培训，更加深入地掌握了应急组织指挥协调和现场救助技能，搜救分中心海上搜救应急指挥人员和一线搜救人员的能力得到有效提升。

## "防"在即时清污染

2018年5月2日，危险化学品运输船"中××"轮在出港航行途中，发生货舱闪爆事故。"24+大平台"团队临时紧急调派防污染应急力量第一时间赶赴现场，妥善协助"中××"轮安全抛锚，避免了人员伤亡、环境污染、船舶倾覆等次生事故发生。

2019年4月2日，靠泊码头的"万××"轮泄漏2.46吨棕榈油入海。"24+大平台"团队接报后，立即赶赴现场，控制棕榈油泄漏规模，避免污染进一步扩散，协调相关清污单位进行紧急油污回收，及时守护海面清洁。

天津大沽口港区56公里辖区岸线内，有118种散装液体化学品货物进出港，承担着天津港70%以上散装液体化学品货物接卸量，是我国北方地区重要的散装化学品中转地，护航着当地经济发展的同时，也面临日益增多的安全、环保隐患。

"24+大平台"结合辖区散化运输种类多、数量大、风险高、监管难的实际情况，编制《散装液体货物船舶应急防备信息卡》及运行管理制度，采取政务、指挥和危防三中心流水线式信息传递，一船一卡地记录船舶抵达锚地至驶离辖区的"一言一行"，将应急处置关口前移，为应急行动争取宝贵时间。

此外，"24+大平台"团队作为该水域护航者之一，还积极开展联防联控工作，与港区相关单位开展溢油应急能力联合建设，对国家、社会、企业等各方清污应急力量进行资源整合。

其中，2014年正式投入使用的天津大沽口溢油应急设备库，采用中央、地方、企业共同建设的模式，储备物资共计200余种，包括溢油应急、围控、回收、储运、船舶堵漏、油品及化学品检测、人员防护、溢油分散、吸附物资及配套设施等。设备库单次溢油控制清除能力为500吨,并配有全国首艘"联防模式"建设的专业溢油处置船"大沽环保1"轮,自建成使用以来,多次参与港区内组织的溢油应急演习和天津港溢油应急处置工作。

海上搜救工作作为政府海上应急救援能力和公共管理水平的具体体现,对促进地方经济发展及社会稳定发挥着极其重要的作用。谈及应急搜救下一步工作,"24+大平台"团队负责人杨天华表示,团队将牢记重托,不辱使命,始终紧绷海上安全这根弦,锚定安全目标,汇聚搜救合力,共同守好海上安全的最后一道防线。

# 大佛下的生命之光

## —— 记四川省乐山市港航中心应急救援事迹

《中国水运报》记者 周佳玲

"山是一尊佛，佛是一座山"，在四川乐山，岷江、青衣江和大渡河三江汇流处，世界上最大的石刻大佛——乐山大佛坐落于此。随着新时代水运发展需要和水上救援需求增加，一支现代化的水上应急救援力量在大佛脚下逐步成长起来，它就是四川省乐山市港航中心。这支队伍以守护乐山市三江水域平安畅通为己任，积极开展各项水上应急救援工作，一次又一次为遇险受灾群众点亮生命之光。

2020年8月18日，百年一遇的特大洪涝灾害肆虐乐山！青衣江最大洪峰流量18300立方米/秒，为有记录以来的最大洪水。岷江最大洪峰流量38000立方米/秒，为五通桥水文站1953年建站以来的最大洪水。乐山大佛佛脚平台水位比平常高出7.73米，乐山岌岌可危。

8月18日凌晨，洪水如猛兽般冲断了乐山市市中区通往凤洲岛的唯一桥梁，凤洲岛随即成为一座"孤岛"，岛上水位急涨，水深达到3.42米，岛上大佛坝村1020名群众被困家中，凤洲岛告急！

作为乐山最重要的水上应急救援力量之一，乐山市港航中心水上救援人员迎着洪"魔"的叫嚣，如利刃般出鞘。

乐山市港航中心工作人员在洪水中待命

8月18日凌晨5时，乐山市港航中心负责人刘敏接到凤洲岛群众被困信息后，立即从夹江县抗洪抢险现场返回，并调度附近的3艘应急救援船和海巡艇随时待命。天刚蒙蒙亮，来不及回家换下湿透的衣衫，刘敏率队登上"乐救01"大功率海巡快艇强渡大渡河，成为第一支到达现场的救援队伍。

"我们刚到岛上，就看到到处都是群众在喊救命，水已经把一层楼完全淹没了，我们的海巡艇直接开进了老乡家的院子里，把最危险的十余户群众先转移出来。"刘敏回忆。

时间就是生命，必须争分夺秒！通过现场察看灾情，刘敏立即确定了海巡艇、冲锋舟、渔船、摩托艇穿插凤洲岛转移被困群众，应急救援货船横渡大渡河转运人员的救援方案。指挥救援、调派船舶、运送群众……在这场防汛大考中，连续奋战38个小时的刘敏声音已嘶哑，眼中也布满了血丝，却始终坚守在抗洪一线。

乐山市港航中心开展日常训练

"看见乡亲们吃不上饭、睡不了觉，房子随时有倒塌的危险，我心里确实揪心，只希望多尽一份力，尽快把他们救出来。"说这话的是乐山市港航中心船长毛毅。得知凤洲岛被困后，他心急如焚。内心的忧虑并没有让这位救援经验丰富的船长"乱了分寸"，他始终铭记作为一名救援人员的责任。他登岛后，不是第一时间冲进家里救出自己的亲人，而是根据受灾情况的轻重缓急开展救援。借助熟悉岛上地形地貌的优势，他多次驾驶冲锋舟搜寻被困群众，先后救出50余人。

毛毅说，当时的救援经历现在想起来还心有余悸。18日下午，他驾驶冲锋舟搜救被困人员时，由于水流湍急、漂浮物遍布，冲锋舟螺旋桨突然被编织袋缠住，瞬间失去动力，整个冲锋舟立马被弹起并在原地调转了180度，船上的救援人员及村民差点被甩下冲锋舟。一阵心惊后，毛毅立马冷静下来，指挥船上人员拿钩杆钩住树枝以固定冲锋舟后，再合力清除螺旋桨上的编织袋，最终大家得以安全脱险。

据毛毅回忆，像这样船艇瞬间失去动力的情境，当天大概遭遇了7次，每一次都险象环生。幸运的是，他凭着20年的开船经验，成功化解了每一次险情。

乐山市港航中心组织救援力量转移受困群众

摔断手臂的群众求助，救援人员立马以最快的安全航速飞驰大渡河，仅用2分钟就将其送达河对岸开展救治；30多名被困大佛坝村小学的老人急需生活物资，救援人员二话不说立马装好物资开着小渔船摸黑送去，在夜色中摸索了1个多小时才到；38个小时不眠不休，救援人员停在单位的10多辆私家车被淹没了车顶也无暇顾及……

在防汛"冲锋号"的号声中，乐山市港航中心救援人员立下"生死状"，把肩头当作群众转移的脚垫，把臂弯化为群众依靠的港湾，熬红了双眼，泡白了双脚，最终创造了1020名受困群众"零死亡""一个也没有少"的救援奇迹,用实际行动彰显了"万众一心、众志成城、不怕困难、顽强拼搏、坚韧不拔、敢于胜利"的伟大抗洪精神。

乐山市港航中心救援转移受困群众

刘敏说:"我们地处内陆河流,资金有限,人员有限,搜救装备也不是最先进的,但是只要战备有需求、人民有需要,我们就会努力去打造这样一支'召之即来、来之能战、战之必胜'的水上应急救援力量。让每一名党员都成为一面立得住的旗帜!"

如何打造一支能打胜仗的队伍?乐山市港航中心每年开展数次拉练,着力培养救援人员在船艇驾驶、落水人员施救等方面的实操能力;举办水上应急救援综合演练,在水上消防、船舶拦截等科目上真刀真枪进行演练,实现以练代训作用。

据统计,从2018年初至2021年10月,乐山市港航中心共参与抢险救援任务70余次,出警335人次,成功转移受困群众1000余人次,救援打捞航标及沉船约17次,多次对水上重大安保任务进行护航,培训乐山市公安、消防水上应急队员及民兵约100余人次。

乐山市港航中心组织船舶转移受困群众

在乐山,在大佛脚下,水翻滚、浪滔滔,那是三江汇流处最牵动人心的地方。乐山市港航中心始终屹立于风口浪尖,用一次次行动守护好人民群众的生命和财产安全,点亮了一道道生命之光。

乐山市港航中心主任刘敏同志在救援现场

# 红霞长明　致敬英雄

——记大理洱海搜救中心在"5·10"直升机坠落洱海搜救行动中八天七夜的奋战

《中国水运报》记者　姚飞宇

大理白族自治州（简称"大理州"）是云南水网较发达和通航里程最长的地区。云南省六大水系中，流经大理州的有澜沧江、金沙江、怒江、元江，内河航运分布全州10个县、市，以洱海为中心的9个湖泊和8个电站库区，累计通航里程1232公里。新冠疫情暴发前，每年到洱海乘坐游船观光的游客近300万人次，旅游业的蓬勃发展，促进了大理州水路客运量不断增长。

为确保水路运输安全，防范水上安全事故发生，减少人民生命财产损失，大理州人民政府批准成立了大理洱海搜救中心，人员编制12人。2011年7月11日，由交通运输部、云南省交通运输厅、大理州人民政府共同投资在洱海建造的澜沧江海事局巡逻搜救船"云海巡39号"正式投入使用。大理洱海搜救中心成立以来，共接警并成功实施救援80余起，协调组织水上应急综合演练60余场次。

2021年5月17日傍晚，洱海边红霞满天，苍山巍峨，救援船艇静静地停在水面上，甲板上人员静立，汽笛长鸣，水鸟飞过，海浪轻拍，向英雄致敬。在"5·10"直升机坠落洱海救援行动中，大理州地方海事局组织洱海各航运企业历经八天七夜，共投入船舶45艘次、车辆13辆次、人员456人次，圆满完成搜救任务。

2021年5月10日上午10时41分，大理洱海搜救中心值班人员神情紧绷，就在一天前，大理市湾桥镇湾桥村大沙坝山发生森林火情，浓烟弥漫，打破了洱海的宁静，所幸扑灭及时，并无人员伤亡。忽然一通电话打破了值班室的平静：20分钟前，在清守火场、增湿作业中，一架载有2名飞行员和2名机械师的执行森林火灾灭火任务的直升机，在前往大理市湾桥镇洱海水域开展低空取水作业时，发生意外坠入洱海水域。

"云海巡39号"升旗仪式

大理洱海搜救中心接到直升机失事险情电话后,紧急启动应急搜救预案。大理州地方海事局、大理洱海搜救中心的领导和相关人员立即赶赴现场指挥、参加救援,正在洱海水域执勤的应急搜救船"云海巡39号"立即前往直升机失事水域开展救援。

11时20分,"云海巡39号"刚刚到达直升机失事水域,船长董盛斌便闻到了一股浓重的煤油味。"现场已经有了不少人,许多民用船都自发赶来参加营救。"他当即向指挥中心报告情况,并前往事发点有序组织救援队伍,"直升机坠海,肯定伴随着油污泄漏,许多自发前来救援的群众并不知道,如果不及时处理,会造成严重危害!"

锁定若隐若现的失事直升机残骸准确位置后,董盛斌立即组织救援人员使用缆绳(钢索)先行对漂浮在水面上的直升机残骸进行系固,绑定在搜救船上防止残骸下沉。随后在大理州人民政府"5·10"事件应急救援领导小组的指挥下全力开展紧急搜救。

"5·10"直升机失事事件交通海事应急搜救

在搜救机组人员的同时,大理州地方海事局、大理洱海搜救中心同步部署了失事直升机残余油料污染水体防治工作。在事故水域布设了220余米围油栏防止油污扩散，并使用吸油毡等设备，会同环保部门、大理市洱海管理局及时清除了事发水域漂浮的残余油料，最大限度防止残余油料污染水体。

"云海巡39号"连续近20个小时不间断搜寻机组成员，至5月11日凌晨2时55分，4名不幸遇难的机组人员遗体全部被找到，遇险人员紧急救援阶段结束。凌晨3时20分许，"云海巡39号"返航，回到大理港停泊已是凌晨5时多。

"5·10"直升机失事事件交通海事应急搜救

5月11日上午8时许，大理洱海搜救中心人员准时在大理港集中，驾驶船舶再次赶往事发水域参加救援行动。"因为前一天大伙参加救援没有休息，几乎每个人的眼睛都是浮肿的。"在轮机长杨志刚的回忆中，大家都是连夜参与救援，但没有一个人有丝毫怨言，"一到事发水域，想到同是救援人员却不幸牺牲的机组人员，大家又紧张地投入打捞直升机'黑匣子'和残骸的行动中。"

在随后几天的搜救行动中,大理洱海搜救中心先后出动"云海巡39号""云海巡36号",会同其他游船公司的船舶赴事发水域参与打捞直升机残骸、清理残余油料污水。经过八天七夜的搜救工作,直升机"黑匣子"和主要机件被打捞出水,残余油污清除完毕,救援任务圆满完成。

**打捞失事直升机**

5月15日,成千上万的人们从四面八方涌来,汇集在大理全民健身中心,参加4位英雄的追悼会,还有不少人自发地到直升机坠毁水域附近的岸边摆上鲜花,以示哀悼。上午9时,全州船舶鸣笛一分钟,向英雄致敬,愿山河无恙,英雄一路走好!

在八天七夜的搜救工作中,大理洱海搜救中心所有队员不分日夜、风餐露宿地全力开展搜寻机组人员、打捞直升机"黑匣子"和残骸的行动,并积极配合指挥部协同当地村民使用渔网清理漂浮在水面的漂浮物。他们,在面对危难时不怕牺牲、挺身而出,以实际行动践行着"人民至上,生命至上"的庄严承诺。

# 应急先锋筑起汉江"金盾"

## —— 记武汉市水路交通运输执法支队一大队队长 胡国强

《中国水运报》记者 黄理慧

他总是在一个又一个无月的夜晚,将心和耳贴紧汉江和夜幕,黑夜的万物听到的是汉江沿岸武汉居民那酣畅的鼾声和香甜的梦呓,但他警觉的双眼紧盯屏幕,捕捉的是汉江流域行船的安危……

胡国强

生的希望 / 我身边的最美搜救人（二）

## 辖区水上交通安全的守护者

"要快！时间就是生命！"

站在趸船船头放眼望去，从武汉市区的河口到四环桥，23公里的水路就是胡国强的工作范围。辖区的通航安全、船舶安全、应急救援等，他全都"一手抓"。无论什么时候，哪里有险情，哪里有呼唤，哪里就有胡国强的身影。

2017年9月，汉江突发罕见秋汛，最高流速达4.66米/秒，航道封航。汛情就是命令！胡国强快速反应、积极行动，舍小家顾大家，投身防汛救援最前沿。

随着流速的下降，航道恢复单边通航，已经因封航等待多日的载货船舶项背相望、逆流而上，坚守多日的胡国强丝毫不敢松懈，死死地盯住屏幕。10月21日上午9时，他发现江汉一桥水域一艘满载石料的船舶突然停在了桥孔中间。"大事不好，那艘船可能出现了机械故障，现在汉江流速较大，桥区水流紊乱，又是逆流，这种情况十分危险，一不留神就会导致多船连环相撞，甚至会危及下游两座桥梁以及多艘趸船的安全。"有着30多年水上工作经验的胡国强当即作出了判断。

胡国强马上召集队员们跳上救援船，全速赶赴现场。那一刻的汉江上，满载上行的船舶鱼贯而行。到达现场后发现，卡在桥孔的货船因一台发动机意外熄火，导致船舶动力不足，正向后急退，眼看就要与后面紧跟的货船发生碰撞，而紧随其后的6艘船舶则进退不得，形势凶险！

"要快，时间就是生命。必须赶紧把故障船舶牵引至安全水域。"多耽误一刻，就多一分变化和危险。紧急关头，胡国强沉着处置，一边指挥两艘救援船迅速调准船位，开足马力向遇险船舶迎了上去，一边准备好缆绳随时做好系固准备。

经过一个多小时的紧急处置，胡国强和救援队员们成功将失控船控制在江汉一桥上游1200米处的缓流处抛锚。"当时我还是有些犹豫的，想着要不要叫增援，但看到胡队果断出击，我们也为他这种无畏的精神所振奋，信心倍增。"在场队员激动地回忆说，"只差3米，再晚一点就撞上了！"

## 人民群众生命安全的捍卫者

"我们和公安建立的是联动机制，110接警如果发现险情在我们这片水上辖区，就会直接转到我们这里。"胡国强一边向记者介绍执法支队的工作机制，一边回忆起2018年2月发生的一起事故。

一名40多岁的男子从江汉一桥上坠落江中，接警后，他和队员第一时间乘船前往救援。冬末初春、乍暖还寒，天空大雨如注，视线受阻，胡国强冒着冰冷的雨水，站在甲板前沿，向四周紧张搜寻。经过不懈努力，终于在江汉一桥下游100余米处发现了该落水男子。胡国强不顾危险，匍匐在湿冷的甲板上，用绳索将随时可能沉没的男子套住，用尽全身力气将其拉拽到船上。队员们事后发现，胡国强的手早已被绳索磨破，鲜血染红了绳子，可他对此只是摆摆手说："这点伤，不算什么。"

生的希望 / 我身边的最美搜救人（二）

在被问及这些年哪一次救援令他印象最深刻时，胡国强认真思考后，讲述了为武汉市硚口区宗关水厂趸船解困的事。

2017年2月21日，阴沉的天空下着小雨。下午1时许，一艘满载石子的阜阳籍船舶"翔运×××"轮行进至宗关自来水厂水域时突然搁浅。船舶的发动机不停嘶吼，船长试图通过调整船位等方式摆脱困境，但一切都是徒劳。在风和水流的作用下，船体以搁浅处为支点不受控制地发生转动，横跨江面，船头离宗关自来水厂趸船仅剩10米距离。如果影响到武汉市民的生活用水，造成的影响是难以预估的。

接警后，胡国强立即启动辖区应急预案，紧急征调驳船和浮式起重机前往救助，并乘救援船10分钟之内到达事发水域指挥施救。在确认船舶无倾覆、油污泄漏危险后，胡国强立即组织救援船对该船进行减载过驳，同时对该水域进行通航管制。经过4个多小时的紧张救援，终于将搁浅船舶拖出浅滩，转移至安全水域。在确保船舶没有因搁浅导致船体损害的安全隐患后，胡国强才放心离开。

"人民海事为人民，这是我们的服务宗旨，是我们应该做的。既然是我接的警，那我就要负责到底。这既是我的工作职责，也是我作为共产党员的担当！当国家和人民生命财产安全受威胁时，我们都会在第一时间冲上去。"胡国强的话掷地有声。

### 主动服务船舶、船员的贴心人

近年来，随着国家长江大保护战略的实施和武汉市"两江四岸"

规划的出炉，汉江沿线取缔了不少码头，行驶至这片水域的船舶也相对减少。

"来往的船我们都很熟悉，有些船看到船名都能直接对应船主是谁。"为了更好地服务船员，胡国强将经常在汉江一带活动的行船船主、船员都拉进了微信群。

"现在已经建好了3个微信群，近1500人。每天，工作人员会在群里发布江面情况，让船员提前知晓这一片水域的航行情况。船员碰到任何问题都可以直接在微信群里询问，我们这儿一年365天，每天24小时都有人值班，看到消息后我们会及时回复。"胡国强向记者展示了微信群的界面。

2020年初，在武汉疫情最严峻的时刻，胡国强积极响应党组织号召，挺身向前，在疫情严重的华南海鲜市场周边社区和水上辖区双线作战。通过加强向过往船舶宣传疫情防控政策、强化日常巡查、落实水上交通管制等各项防控举措，严防疫情通过水路输出或输入，切实阻断水路传播路径。

疫情防控期间，武汉市水路交通运输执法支队专门开通应急物资运输"绿色通道"，在汉江对运载急需的无纺布、酒精等防疫物资及粮油煤气等重点生产生活物资的船舶实施视频监控无线引导，无接触监管服务，全力保障了防疫物资、民生物资水路运输。

这些年，胡国强用自己的担当与奉献，诠释了应急人最美的风采，先后荣获"2009年度武汉市交通委员会'双创'劳动竞赛节约能手""2016年度全市安全生产优秀工作者""2017年长江、汉江救援值守先进个人""2020年度湖北省港航海事系统先进个人"等荣誉

## 生的希望 / 我身边的最美搜救人（二）

称号。

  危难之处显身手，危急关头见英雄。黑暗中，他搏击风浪，为遇险群众点亮希望；浪尖上，他与时间赛跑；急流中，他架起生命通道；风雨中，他筑起汉江"金盾"，用无我和无畏践行了水上应急工作者的铮铮誓言。他以行动激励并温暖着更多一线的海事搜救人，成为新一代的榜样。

# 鄱阳湖上熠熠生辉的"铆钉"

## ——记江西省水上救助服务中心"赣救06"号船长 刘宣旺

《中国水运报》记者 周佳玲

江西省高等级航道事务中心 许海远 倪 磊

江西省水上救助服务中心庐山基地扼守鄱阳湖流入长江的必经之地,负责中国第一大淡水湖——鄱阳湖的水上搜救工作。洪水期鄱阳湖面积最大可达4000多平方公里,水道交叉、水情复杂,每年平均有近3万艘船舶进出湖区,保障船舶安全和进行人命救助的责任重大。

刘宣旺

十年来，庐山基地"赣救06"号船长刘宣旺如一颗牢牢扎在鄱阳湖的"铆钉"，始终用忠诚和责任守护着鄱阳湖的安全。他说："水上人命救助工作，既是我的专长也是我衷心热爱的工作，守护鄱阳湖的安全是我不变的初心。"

## 力做"先行者"，干一行就要爱一行

——他是一颗"钉得住"的铆钉，在鄱阳湖一钉就是十年，只为守护一方水域平安。

1995年，19岁的刘宣旺被分配到东海舰队长途岛驻守，那里属于国家一类艰苦海岛，刘宣旺坚持驻守了14年。因在这里连续工作7年并累计超过10年，他荣获了"老海岛"称号。在当兵期间，他累计荣立三等功3次，获基地优秀士官人才奖2次，获评优秀士兵数次、优秀共产党员2次。

在一个岗位上"钉得住"，是刘宣旺始终坚持的原则，驻守海岛如此，守护鄱阳湖亦如此。

2012年，作为一名从军16年的海军老兵，刘宣旺脱下军装，成为江西省水上搜救中心鄱阳湖分中心（江西省水上救助服务中心前身）的一员。

"干一行，就要爱一行、专一行、精一行。岗位不同，但使命未变！"刘宣旺这样说道。为了尽快了解和掌握水上救助的各项技能，他积极考取各种特种设备操作证书，同时向老同志虚心请教水上救助业务知识，并查阅了大量江西水域的航道、港口水文和地理条件等资料,被同事誉为江西主要水域的"水情通"。

从事江西水上搜救工作以来的10年里,刘宣旺驾驶船舶参与了30余次水上救助及打捞行动,具备了较高的内河船舶驾驶水平及救助打捞方面的实操能力,熟练掌握了本单位现有各种水上机械设备的维护保养技能,成为单位公认的水上救助业务行家里手。

刘宣旺

## 勇做"急先锋",水上搜救义不容辞

——他是一颗"立得牢"的铆钉,总是带头啃最硬的骨头、打最硬的仗,面临急难险重任务时冲得上、救得回,是大家公认的"急先锋"。

2020年10月4日20时30分许,货船"鄂黄冈货2150"轮航行至鄱阳湖小叽山水域时,因风浪过大翻沉,两人落水,一人已自救上岸,另外一人被困在永修横州水域滩涂上,急需救援。

当晚的鄱阳湖庐山水域有7~8级偏北大风,大雨瓢泼,才10月初的天气却有着12月的寒冷。受困船员若不能及时得到救助,生命安全将受到严重威胁。想到此,接到救援指令的刘宣旺心急如焚,毫不畏惧与风雨相争,与狂浪相搏,一路奋力往船员受困水域驶去。

从庐山基地赶赴小叽山水域,必须穿过素有"东方百慕大""鄱阳湖魔鬼三角洲"之称的老爷庙水域。当救援船行至老爷庙水域风口处时,湖面上已刮起9~10级偏北阵风,救援船在巨浪中如一叶扁舟,剧烈摇摆,无法继续航行,九江海事部门要求救援船返航待命。

"真不甘心!"虽心有不甘,但刘宣旺明白,他有责任带着救援队员们安全返航。"救人,决不放弃!"刘宣旺咬着牙坚定地说。

刘宣旺指导船员开展日常训练

回到救援基地后,刘宣旺不曾休息片刻,时刻关注着气象状况。10月5日2时30分许,搜救人员得知,一艘万吨级大型集装箱货轮即将抵达"赣救06"号泊靠点。救援经验丰富的刘宣旺意识到,借助集装箱货船船体大、抗风浪性能好的优势,救援船或可在其遮挡下出航救援。方案经上级同意,这次出航果然顺利闯过了危险的老爷庙水域。

刘宣旺和他的同事们合影

然而,被困船员所提供的定位水域较为宽泛,且尽是浅水滩涂,找人并非易事。刘宣旺在脑海中飞速搜索曾经熟记的鄱阳湖水域地形地貌图,及时调整船舶航向,进一步缩小搜寻范围。同时采取探照灯搜索、高频喇叭呼叫、救援人员并排手拉手组成人墙站立船头瞭望的立体搜救方案,沿孤洲岸线快速有序地推进搜救行动……

经过半小时地毯式搜寻,振奋人心的场面出现了——在距离所给定位200米远的一处芦苇丛里,探照灯发现了微弱的亮光,被困船员终于被找到了!

"我们找到他的时候,他嘴唇发紫,浑身冻得直哆嗦,体力也明显不支,幸好我们去得及时。"尽管救援船已搁浅在滩涂上无法航行,尽管一夜未眠精疲力尽,刘宣旺却笑了。他说:"救到了人,我们就心满意足,跑这两趟,值!"

近年来,刘宣旺带领基地人员先后参加了"8·28"紧急救助货船中毒船员、"3·17"紧急排除多艘船舶走锚险情、"9·23"紧急营救失控货船险情、"12·19"八一大桥水域船舶失火险情和协助鄱阳湖水域开展联合执法等30余次重大任务,用精湛的搜救技艺和负责的实干态度铸就了赣鄱搜救魂。

## 善做"稳定器",带头打造尖兵队伍

——他是一颗"扎得深"的铆钉,在队伍建设中积极发挥"领头羊"作用,带出一支能打胜仗的水上尖兵队伍。

2018年,刘宣旺赴庐山搜救基地任"赣救06"号船长,到任后,他以日常训练为抓手,组织了水面搜寻引导、无线电通信、水下搜寻定位、落水人员施救、工作手语等多个科目的技能训练。在他的带领下,庐山搜救基地人员的水上救助技能水平得到大幅提升,船舶在航率和装备完好率始终较高,应对水上突发事件的能力明显增强,整体面貌也焕然一新。

"有一次去余干县开展水下打捞工作,需要24小时不间断值守,刘船长就主动选择了凌晨1时到4时的值守时间,那是最困倦的一段时间。他首先考虑的不是自己,而是保障队友们的休息时间,这种'吃苦在前,享受在后'的工作态度令我钦佩。""赣救06"号轮机员曹明昌说，"这件事情虽小，但能看出刘宣旺这个人，实在！"

在工作中，刘宣旺充分发挥共产党员的先锋模范作用，在单位也获得了许多荣誉：先后3次荣获"江西省交通运输厅优秀共产党员"荣誉称号，1次荣获"江西省港航管理局优秀共产党员"荣誉称号，2次荣获"江西省港航管理局先进工作者"荣誉称号，1次荣获"江西省港航管理局安全生产先进个人"荣誉称号。

十年磨一剑，砺得梅花香。10年来，刘宣旺用舍小家、为大家的忘我情怀守在一线，用敢于攻坚的铮铮铁骨战风斗浪，用苦干实干的精神在鄱阳湖搜救一线传承搜救魂，他的行动温暖并激励着更多的江西一线搜救人，去传承"把生的希望送给别人，把死的危险留给自己"的信仰，为赣鄱大地人民群众的生命和财产安全保驾护航。

# 永葆军人底色的护渝尖兵

——记重庆市地方水上交通应急救援中心
青年突击队队长　张恒玮

《中国水运报》记者　姚飞宇

张恒玮

依山筑城、凭水而兴。大江大河是重庆的靓丽标签，但三峡大坝成库前，重庆一直是全国水上交通事故"重灾区"。三峡成库后，重庆通航条件虽得到显著改善，但安全形势依然严峻。面对严峻的水上安全形势，有一支救援队伍始终牢记"人民至上，生命至上"的承诺，默默守护着水域安宁，他们就是重庆市地方水上交通应急救援中心。

高高瘦瘦的张恒玮，是这支铁军的青年突击队队长。1987年出生的他，拥有丰富的水上救援经验，他所带领的突击队在6年的时间里共救助了近300名遇险群众，救助遇险船舶31艘，进行溢油处置34次。他个人于2014年9月被评为"重庆市港航管理局抗洪抢险先进个人"，于2018年12月被共青团重庆市委、重庆市人力资源和社会保障局评为"2017—2018年度重庆市青年岗位能手"。

**冒雨准备应急物资**

他严于律己，脚踏实地。2011年12月，在西藏当了8年兵的张恒玮正式退役回到地方，但他始终践行着军人风采，把军人的优良品格融入工作岗位之中，在自己的岗位上默默奉献。夏季三伏，他在被太阳晒得发烫的救援船上一遍又一遍地研究复杂水情下的船舶驾驶技术，全然不觉汗水浸湿了衣襟；冬季三九，他带领队员们顶着凛冽的江风在冰冷刺骨的江水中反复进行人命救助动作模拟……队员们都说他像个老黄牛，埋头苦干，脚踏实地。"我是一个兵，一个永远的军人，无论我在哪里，我都会保留军人的本色，争做排头兵。"严格要求自己的同时，张恒玮也将这种优良的作风带到了突击队中，"我想打造一支作风优良、训练有素、能征善战的水上应急救援铁军，我要把亮剑精神传承下去。"

带领团队开展智能化装备训练

他苦练本领，打磨"利剑"。在日常训练中，他始终坚持高标准严要求，不管是体能训练还是专项训练，总是以身作则，身先士卒。"加强自身训练，不仅为了工作，也为了自己。遇到险情，才有能力去帮助更多人。"张恒玮最爱对队员们这样说。训练的辛苦不言而喻，每天100个俯卧撑、3公里拉练是体能训练的必修项目，每当有队员在训练中坚持不下来时，他总是会不断地鼓励并帮助他们突破极限。在冲锋舟驾驶、智能救生器及应急通信实操等专项技能训练时，他又化身循循善诱的严厉老师，向队员们毫无保留地传授他的经验与专业知识。

**张恒玮团队开展社会救援力量培训**

不同于陆地救援,水上的灾难、事故几分钟就能夺去一个人的生命,水上救援的时间更为宝贵,专业要求极为苛刻。作为重庆地方水域的一支专业水上应急救援队伍,张恒玮每天都面对着性命攸关的突发事件,警铃一响就意味着辖区内有生命正在遭受威胁……只要接警,他所在的团队会在1分钟内结集,3分钟内出动冲锋舟,快速赶赴事发水域开展应急救援。

他背负使命,誓守母城。"哪里有险情,就去哪里",张恒玮总是这样说,也总是这样做的。

2014年9月,洪水突袭渝北区统景镇,御临河河水漫过街道近3米,淹没了2层楼房,一餐饮船被困河中,船上多人亟待救援。

张恒玮和他的队员们迅速集结,应急救援车带着冲锋舟、皮卡车装载抢险设备火速奔赴统景镇。"当时御林河流速每秒约5米,十分湍急。"救援队员回忆道,餐饮船被困河中晃动剧烈,给救援增加了不少困难,"我们只能驾驶冲锋舟从餐饮船一侧缓慢靠近。"

此时,多处房屋在洪水浸泡下摇摇欲坠,水面漂浮的大量树枝、杂物阻断了冲锋舟前进的道路。救援队员们以手为桨,用力推开杂物。"当时餐饮船周边地形非常复杂,形成了许多暗流。"队员们如今想起还心有余悸,"也顾不上那么多了,大伙一次没冲进去,就不停地冲,救出第一个人时,张恒玮一直紧紧攥着他的手,大喊着'抓牢,不要松开我的手'。"就这样,救援队员们沉着地驾驶冲锋舟,一次次地向激流发起冲锋,成功救出12名被困群众。

2020年8月,正逢重庆遭遇特大洪水过境。19日,救援中心接到报警称渝中区储奇门大唐诺亚公寓有群众被洪水围困。接警后,救援中心立即派出2艘冲锋舟赶往救援。

到达现场,张恒玮发现江水已经漫过储奇门滨江路,冲锋舟进入事发地点需小心避让已淹没在水下的路灯、栏杆等障碍物。张恒玮和队员们当即决定两人一组,一人使用测深杆在船头不断测量水深,另一人小心翼翼地驾驶着救援船前进。随后采用接力方式,由小型冲锋舟进入小区将被困群众转移出来,再送上救援船,最后安全送至岸上。经过2个小时的紧急救援,共计转移疏散被困群众200余人。

2018年5月31日,一艘载有3人的快艇在嘉陵江曾家岩水域失控。救援队员立即驾驶救援船停靠在快艇右舷固定,协助快艇工作人员收回应急锚,通过对快艇进行帮拖施救,将其安全拖带到相国寺码头靠泊。

2019年5月24日,井口水域,一男子被江水围困,水下乱石阻挡,冲锋舟难以靠近。救援队群策群力，将其救起。

2019年10月10日，石门水域，一艘渔船翻覆，两人落水。其中一女子被倒扣在翻沉渔船内往下漂流，生死一线。救援队将翻覆渔船捆绑固定，利用冲锋舟发力拖拉，将渔船一侧脱离水面，成功救出被困女子。

2020年6月19日，石马河水域，一人落水呼救。救援队沿江搜寻，在嘉陵江石门大桥水域，将漂流的落水者救助上岸。

……

**开展落水人员搜救工作**

一个个案例，一组组数据，记录着一个年轻党员的成长，记录着他坚贞的信念和不变的初心，哪里有需要，哪里就有他，他永远冲在应急救援的第一线，守护着重庆市地方水上交通安全。

# 破冰逆行的温暖身影

## —— 记黑龙江省水上交通救援中心

《中国水运报》记者 陆民敏 孙文华

"我们的队员个个出色,他们敢于担当、敢于吃苦、敢打硬仗。近几年,救援中心很好地完成了2019年富锦挠力河大坝管涌封堵、2020年大似海渔猎冬捕文化节安全保障服务、2021年'5·22'渔船翻沉事故沉船打捞等多项任务。"黑龙江省水上交通救援中心主任夏山宏告诉记者,该救援中心正努力打造一支专常兼备、反应灵敏、作风过硬、本领高强,在关键时刻能起关键作用的国家专业救捞队伍。

自1986年成立至2021年底,黑龙江省水上交通救援中心完成水上救援任务660余次,打捞沉船179艘、沉车88辆,打捞遇难者遗体332具。

## 勇担责任,冲锋在前

作为黑龙江省水上救助打捞的专业救援队伍,黑龙江省水上交通救援中心一直坚守着"为政府分忧、为百姓解难"的承诺,为黑龙江水上交通事业安全发展和人民生命财产安全保驾护航。

黑龙江省水上交通救援中心集体照

2019年8月，黑龙江省受"利奇马""罗莎"等台风影响，出现极端降雨天气，内涝严重，多地水库大坝水位上升告急。8月29日，富锦市宏胜镇创业村挠力河大坝突发管涌，20万亩水田、17万亩旱田、8个自然村屯上万人生命财产面临洪水威胁。情况万分紧急，黑龙江省水上交通救援中心连夜组成应急小分队携设备奔赴管涌现场。经过3个多小时的奋力抢险，成功堵住了管涌，有效避免了水灾发生。

**生的希望** / 我身边的最美搜救人（二）

开展水域巡航

2021年5月22日，齐齐哈尔市富裕县嫩江水域发生渔船翻沉事故。17时5分，黑龙江省航务事业发展中心接到电话，紧急部署黑龙江省水上交通救援中心派出救援力量，支援当地开展搜救工作。

接到救援任务后，黑龙江省水上交通救援中心迅速组建了11人的应急救援小组，由黑龙江省航务事业发展中心副主任薛立平带队，奔赴事发地点。5月23日1时40分，应急救援小组到达"5·22"沉船事故现场。

"那天我们是3时40分开始工作的。"薛立平介绍，但事发水域水网、稻田枝杈较多，水流流速不稳定，当天最大风力达到7～8级，增加了搜救任务的难度。但队员们与风雨作战，和时间赛跑，不断扩大搜索范围……

5月24日16时20分，在参加救援的有关单位的密切配合下，经过近40个小时的不间断作业，沉船被打捞上岸。现场工作人员为他们的表现鼓掌称赞。

## 坚守信念，予人温暖

"急、难、险、苦、累、脏、臭"是潜水员的工作特征，他们每次救援都是冒着生命危险工作，但大家仍然义无反顾、一往无前，为百姓送去温暖。

2010年5月23日，黑龙江省绥化市庆安县一辆载人客车坠入江中，造成19人遇难。当时黑龙江省水上交通救援中心只能派出4名潜水员，作业强度可想而知。他们一天要下水多次，还要帮助抬运遗体。潜水管理科科长金鼎身上多处皮肤被水泡到溃烂。领导们劝他去县里看病，他说："我不能去，现场还需要我，我不能离开。"就这样，他坚持工作到了救援结束。

"你们能帮帮我吗？我的老母亲可能跳江了！"2020年6月10日，哈尔滨市市民王先生来到黑龙江省水上交通救援中心，焦急万分地向工作人员求助，称其母亲于6月8日在哈尔滨市道外区中东铁路桥附近走失，疑似跳江。6月11日14时15分，搜救队终于发现了失踪4天已经溺亡的老人。在酷热天气下，经过几天的浸泡，老人遗体已经发生肿胀，空气中弥漫着腐臭气息。轮机长邱振远带领党凯、王宇龙两名搜救员强忍着难过的心情，庄重而又细致地固定好老人遗体，用搜救快艇将遗体运至松花江南岸华能热电厂附近岸边，送交遇难者亲属。"在旁人眼里，这样的场景难以接受，但我们已经经历了很多次。虽然遗体看起来有些吓人，但尊重逝者、慰藉生者，是我们救捞人的职业道德和基本操守，我们一定要做好。"

## 锐意创新，不断前行

"传统水下目标搜寻采用'拉网式'方法，少则几小时，多则数天，会浪费大量宝贵救援时间。而应用水下高科技设备搜寻目标物时间短、定位准，可为应急救援节约大量宝贵时间，显著提升救援效率。下面，我们协力将水下三维声呐换能器沉入水下。"冒着35℃的高温，北京劳雷海洋仪器有限公司的讲师栾坤祥在哈尔滨市道外区北十四道街码头边上，耐心地指导黑龙江省水上交通救援中心的业务骨干们进行应用水下高科技设备搜寻目标的实际操作。这是2021年8月黑龙江省水上交通救援中心开展防汛应急演练和岗位业务技能培训活动的一幕。

救助落水人员

为了更科学地开展救捞工作，降低工作人员的劳动强度，黑龙江省水上交通救援中心正在完成从"传统体力劳动型救捞"向"科学技术型救捞"的转变。

黑龙江省水上交通救援中心配备了水下三维声呐、侧扫声呐和多波束扫描仪等搜救设备，不但能为科学救援和应急指挥提供技术支撑，提高救援效率，还能对桥梁基础、水库、水坝等水下设施进行水下检测，及时发现安全隐患，并提供水下三维图像以供技术诊断。

"通过培训，大家收获不少，基本掌握了水下测扫仪器的使用和数据处理，以及多波束和水下三维声呐仪器设备的数据采集和处理技术。这些成果都将为我们今后快捷高效完成水上救助打捞任务提供有力的技术支撑。"救援船舶管理科科长张雷说。

雄关漫道真如铁，而今迈步从头越。"过去的成绩已成为历史，我们将以更加昂扬奋发的朝气、开拓创新的勇气、一往无前的锐气走出一条具有黑龙江特色的救捞发展之路。"黑龙江省水上交通救援中心主任夏山宏说。

组织开展技能培训

# 搏海天巨浪　保一方平安

## ——记中海石油（中国）有限公司天津分公司作业协调部

《中国水运报》记者　黄理慧

渔船失火、快艇翻扣、船员落水……这一幕幕惊险的画面，平日里我们只在电影里见到过。而神兵天降、逆风破浪、险中救人，对于中海石油（中国）有限公司天津分公司作业协调部（简称"作业协调部"）来说，则是坚守初心、勇于担当的职责所在。

## 与死神赛跑，一日救回 10 人

2017年7月21日，渤海海况恶劣，3起沉船事故在当日同时发生，10余名船员危在旦夕。危急时刻，作业协调部立即行动起来……

清晨，一阵急促的铃声在作业协调部应急总值班室骤然响起，值班人员心里突然咯噔一下。"'海洋石油932'平台西南方7海里处，一艘货轮遇险，处于倾覆边缘，4名船员命悬一线，请紧急支援！"

时间就是生命！作业协调部立即组织海上救援力量，即刻驰援事故发生地。"滨海264"轮抵达事故现场时，货船已完全倾覆。"滨海264"轮立刻开展救援工作，仅25分钟便将4人全部救出。

然而,这起事故的后续处理工作尚未结束,突然肆虐的渤海又接二连三地下了"连环夺命符"。那一天,应急总值班室的电话接二连三地响起,所有人的心都提到了嗓子眼。

9时15分,在秦皇岛33-1平台北部海域,一艘工作船称有翻沉风险;11时30分,在渤中26-2平台附近,一艘货船在风浪中遗落10余个集装箱,存在碰撞危险;15时05分,在沧州海域,北油田B平台18海里处,一艘工作船翻扣海中,6名船员遇险;23时09分,"海洋石油924"平台西南方向7海里处,一艘货轮被海水倒灌即将翻沉……

中海石油(中国)有限公司天津分公司作业协调部集体照

一天之内协调派出直升机2架次、海洋石油船5艘次,从死神手中抢回了10人的生命。"这是惊心动魄的一天,大脑高速运转,压根没有时间在乎吃饭、喝水、上厕所这类的小事,那天结束后,宕机的身体才慢慢找回知觉。"事后,参与救助的值班人员、船舶主管和直升机主管,永远也不会忘记这惊心动魄的一天。

## 教科书级别的经典战"疫"

"勇毅善敏信"是作业协调部冲锋陷阵的"五字诀"。作为海洋石油开采的中央企业,中海石油(中国)有限公司天津分公司(简称"中海油天津分公司")是环渤海地区重要的社会应急救援力量,将对外救助统筹调度和协调、总值班室管理、应急指挥中心建设、应急岸基支持布局、应急资源管理等工作"一揽子"包下。这些年来,作业协调部可谓是在波涛之上架起了应急救援的"保护伞"。

协调部门工作人员集体研究应急方案

2020年1月24日除夕夜,正值新冠疫情防控初期,疫情防控形势严峻。天津海上辖区"歌诗达·赛琳娜"号邮轮有148名湖北籍人员,并有15人集体发热，全船4806人的安全健康告急。接到滨海新区的求援后，作业协调部立即启动应急预案，总值班室、应急主管、直升机主管、机组和机务快速就位，与时间赛跑，与病毒较量。针对船上复杂情况，经过与政府防疫部门、直升机公司慎重研判，大年初一7时直升机第一次升空进行勘查，10时再次起飞抵达"赛琳娜"号船尾左舷绞车点处，在甲板六七米上方悬停，以悬吊方式完成了17份检测样本采集。空中防疫筛查"闪电战"告捷，有效争取了抗疫战场主动权，用实际行动践行了习近平总书记"要把人民群众生命安全和身体健康放在第一位"的重要指示❶，诠释了中国速度和中国效率。

## 勇做海洋环境的"清道夫"

在面对重大海上突发事件时，作业协调部总是以超乎寻常的勇气，设法救援人民生命财产，防止和最大限度地减轻对海洋环境的污染。

2021年4月，"交响乐"轮发生溢油事件。险情就是命令。作业协调部接到山东省海上搜救中心的请求后，以高度的政治责任感和使命感，第一时间协调资源、提供方案，派遣37名专家及专业应急队伍紧急驰援。4艘专业环保船和清污船舶从生产一线火速转战应急现场，克服初期油水、食品携带短缺等难题，充分利用技术优势和专业设备，大幅提升应急处置效率，鏖战29天，圆满完成应急抢险任务。

---

❶ 《习近平：要把人民群众生命安全和身体健康放在第一位　坚决遏制疫情蔓延势头》，《人民日报》2020年1月21日第01版。

## "立体120"构建救援新格局

无论是人员搜救、船员急重症，还是船舶失火、翻沉、冰区被困，作业协调部始终坚持"以人为本、有急必应、救援有效"理念，以社会救助责任为己任，并不断创新协同救援机制。

为解决渤海海域作业员工以及海上其他社会人员的突发急症救援难题，2020年中海油天津分公司创立"直升机+船舶+救护车"的"立体120"急救模式，通过直升机直落医院，实现陆海无缝接力，大幅提升海上人员心脑血管等急重症的救治效率。

"立体120"急救模式，为渤海海域遇险人员、急重症人员开通生命救援通道，"海、陆、空"无缝衔接运送病员，避免了地面120救助运行半径小、占用时间长、交通拥堵等问题，为海上遇险和急重症人员获得施救争取更多宝贵的时间。中海油天津分公司还继续加大与津城和滨城两大区块的医疗合作，确保海上急重症人员都能在第一时间得到有效治疗。

任凭风吹雨打，守护海上安澜。3年来，作业协调部对外救助共计42起，救助人员35人，多次荣获"海上搜救先进单位""贡献突出社会搜救力量先进单位"等荣誉称号，已成为国家海洋环境应急力量的重要组成部分，彰显了碧海丹心、能源报国的央企担当，为筑牢海上交通安全防线作出了应有的贡献。

# 不忘初心 砥砺前行

## ——记国家海洋局北海预报中心数值模拟室

《中国水运报》记者 陈 珺

什么是初心?

对于国家海洋局北海预报中心数值模拟室团队来说,就是以技术"把脉"海洋——做好各类海洋灾害预警预报和应急监测,守护沿海各地人民群众的生命财产安全。

国家海洋局北海预报中心数值模拟室团队

多年来,该团队始终专注于高精度海洋数值预报系统研发与预警预报产品发布,在北海海区溢油、搜救、危险化学品泄漏等突发事件预测预警和台风、风暴潮、海浪、海冰等海洋防灾减灾工作中出色完成20余项急难险重任务，积极服务于地方经济社会建设，为海洋灾害防御和海上应急处置工作作出重大贡献。团队于2010年被国家海洋局党组授予"'岗位建功'先进集体"荣誉称号，2016年被授予"国家海洋局青年文明号"荣誉称号，2017年被共青团中央、国家海洋局授予"2015—2016年度全国青年文明号"荣誉称号。

国家海洋局北海预报中心数值模拟室团队

## 英勇善战，攻坚克难

国家海洋局北海预报中心数值模拟室成立于2004年。至2022年，有成员12人，其中博士8人、硕士4人。这是一支英勇善战、攻坚克难的海洋预报先锋队,致力于海上溢油、搜救等数值预报系统的开发与应用。

"人民的需求在哪里,我们的服务就在哪里"。多年来,从中国海上搜救中心到沿海地市海上搜救中心,国家海洋局北海预报中心数值模拟室团队结合需求精细调研,与搜救业务平台密切对接,团队中的很多人和一线搜救人员成为志同道合的"战友"。

团队研发的国内首套"渤海三维溢油应急漂移预测软件"在"交响乐"轮溢油、蓬莱19-3油田溢油和大连"7·16"输油管道火灾爆炸等重大突发事件中发挥了重要作用。在"交响乐"轮溢油事故发生后,该团队利用自主研发的溢油漂移预测系统,结合卫星、船舶和飞机的监测情况,每天制作和发布简报。由于监测数据要到凌晨才能获得,团队成员每天都工作到深夜,确保当天预测结论"不过夜",

"交响乐"轮溢油事件应急指挥部会议

为第二天的溢油处置部署工作提供科学指导。截至溢油处置工作结束，团队共发布溢油漂移预测简报62期，圆满完成海上应急处置保障工作。

团队研发的"国家海上搜救环境保障服务平台"，是目前自然资源部搜救领域全国统一业务平台、中国海事局官网唯一推荐平台。平台用户遍布全国各级海上搜救中心、应急救援响应中心、救助局、打捞局、海事、军队，以及东盟国家，共计150余个专业单位和440余个普通用户。

## 锐意进取，推陈出新

新故相推，日生不滞。国家海洋局北海预报中心数值模拟室团队不断以锐意进取的精神开展科研创新。

"十三五"期间，该团队承担了自然资源部"全国海上搜救环境保障系统"建设任务；在我国沿海选划了12个海难事故高风险区，有针对性地布设浮标、雷达、志愿船等海洋观测设施，有效提升了海难事故高风险区域海洋、气象环境实时感知能力；建立了海难事故高风险区、中国海域、海上丝绸之路沿线海域、全球海域四级海洋环境精细化数值预报系统；持续在不同季节和不同海区开展海上目标物漂移试验20余次，自主研发了针对我国典型海上目标物的漂移预测模型，预报准确度提升5%～10%，达到国际先进水平；自主研发的"国家海上搜救环境保障服务平台"，将预测服务时间由过去的几个小时缩短到几分钟，在多次重大海上事故处置中发挥了积极作用。

科研方面更是亮点频现。该团队主持或参与国家重点研发计划7项，主持中国-东盟海上合作基金3项、国家自然科学基金3项、其他省部级项目等20余项，科研经费累计逾8000万元。编制行业标准7部，在国内外核心期刊发表论文50余篇，出版专著4部，取得国家专利5项。同时，团队积极参与周边国家合作，将拥有自主知识产权的"国家海上搜救环境保障服务平台"成功推广至印度尼西亚、马来西亚等东盟国家。

沧州海事局联合搜救演习

团队成员作为主要参与人，荣获海洋科学技术奖一等奖、海洋工程科学技术奖一等奖、地理信息科技进步奖二等奖、中国产学研合作创新成果奖一等奖、海洋优秀科技图书等各类科研学术奖励10余项。

## 矢志不渝，输出中国搜救智慧

多年来，团队通过深入沟通合作，与东南亚合作伙伴建立了稳定的合作关系，逐步提升了我国对东南亚地区海上突发事件的预测和保障能力，实现了"中国搜救智慧"向东盟国家的共享输出。

自2015年起，团队连续获得了3期中国-东盟海洋合作基金的经费支持，承担了"东亚海上溢油与搜救突发事件应急平台"研发工作；2015年，参与了在马来西亚举行的东盟地区论坛第四次救灾演习；2018年1月，在青岛成功举办中国-印度尼西亚海洋科技研讨暨海上搜救技术培训会；2018年7月，联合马来西亚登嘉楼大学分别在马六甲海峡和马来西亚东海岸开展海上搜救跟踪试验，这也是我国首次在我国管辖以外海域开展的海上搜救试验。

中国-印度尼西亚海洋科技研讨暨海上搜救技术培训会

不忘初心　砥砺前行

北海预报中心-登嘉楼大学联合海上搜救漂移试验

马来西亚救灾演习

不忘初心，砥砺前行。走在新时期搜救工作的长征路上，国家海洋局北海预报中心数值模拟室仍将怀揣对生命的尊重，与时代同行，与人民同心，矢志不渝发扬顽强拼搏、不懈奋斗的精神，用青春和智

# 生的希望 / 我身边的最美搜救人（二）

慧继续谱写"把脉海洋、服务搜救"的奋斗之歌。

搜救海上试验

# 闻令而动　向险而冲

—— 记招商局南京油运股份有限公司"宁化411"轮
救助"光汇616"轮泄漏事件

《中国水运报》记者　张　弛

2020年6月5日，招商局南京油运股份有限公司（简称"招商南油"）所属"宁化411"轮执行上海漕泾至青岛的航次，航行途中接到山东海事局的救助指令，"光汇616"轮在成山头附近发生危险化学品货物泄漏事故，需要附近海域航行船舶"宁化411"轮改变航向驶往威海市荣成市石岛港，参与事故船舶"光汇616"轮货物转驳救助作业。

事故船上载有的1902立方米混合芳烃、4562立方米甲基叔丁基醚，为挥发易燃、高腐有毒的危险化学品，泄漏物已部分进入泵舱，船上所有动力、电力等设施均已停止工作。此时的难船，犹如一个炸弹，随时可能爆炸，风险巨大。

## 闻令而动勇扛救助责任

险情就是命令。

招商南油在接到山东海事局的救助需求后，立即组织风险评估。

## 生的希望 / 我身边的最美搜救人（二）

一是救助本身的风险较高，事故船所装甲基叔丁基醚具有闪点低（-28℃）的特性，操作过程中稍有不慎，极易发生次生事故，甚至可能会殃及"宁化411"轮；二是"宁化411"轮已签订航次运输合同，如不按期履行合同，可能会被租家巨额索赔；三是救助作业不属于商业保险范畴，面临保险失效风险，须额外购买保险。

面对风险、压力和可能的经济损失，招商南油发挥央企责任担当，很快接受山东海事局的救助请求，指令"宁化411"轮立即驶往事故现场，积极配合、参与救助工作。关键时刻，南京扬洋化工运贸有限公司（简称"扬洋公司"）副总经理张建军主动请缨："在险情面前，更能发挥出自己的专业特点！"

作为一个理论知识深厚、实战经验丰富的"老兵"，张建军凭借自己多年的危险化学品操作经验，感觉到这次救助行动将面临诸多困难，要考虑货物的特殊性、人员的安全、事故船与救助船之间靠离泊、货物接驳转输、堵漏防污染……现场操作每一个环节都不能有任何差错，必须全盘考虑、缜密细致。

"全体船员必须提高政治站位，以饱满的热情全身心地投入抢险救助的行动中！"动员口号简短有力，全体船员士气十足。

虽然此次救援将面临中毒、燃烧、爆炸等较大安全风险，但"宁化411"轮19名船员毫不畏惧，党员干部更是发挥模范带头作用，积极准备，全力备战。他们认真评估风险，结合货物特性，分析在救助作业过程中可能发生的风险；研究对策，制定风险控制措施；结合过往救助与操作的经验，对准备参与救助的行为万一出现风险评估不足的情况制定预案，全方位做好救援前的准备。

危急时刻，他们挺身而出、向险而行，鲜艳的党旗在"宁化411"轮上高高飘扬。

## 发挥专业优势献良策

6月6日21时，扬洋公司副总经理张建军和指导船长张学逵抵达事故现场，立即参加过驳作业方案的讨论会。

开展此类液体危险化学品的应急抢险工作，任务艰巨且繁重。事故现场情况复杂多变，丰富的专业知识和经验显得特别重要。

经过全面认真的分析，张建军、张学逵提出四点建议：首先，要对事故船的机舱、泵舱和货舱以及"宁化411"轮的货舱进行惰化；其次，明确事故船所有的设备不得开启，避免产生火源；再次，过驳时杜绝开舱作业，货舱必须持续保持惰化，作业人员必须穿戴个人防护用品（PPE），保证人员安全；最后，应组织风险评估，制定操作方案，明确关键流程及注意事项等。

专业性的建议和措施，得到了应急指挥部的肯定与采纳。

6月7日7时30分，"宁化411"轮靠妥石岛新港17号泊位。按照统一指挥，全力筹措各类物资，准备出海作业。

大战在即，现场忙碌，气氛紧张。

成功的最大希望，就是顺利完成危险化学品的紧急过驳。

6月8日，事发水域突然出现高涌浪，严重威胁现场处置作业安全。受连日大风的影响，浪高涌急，又起大雾，情况骤然紧张。

现场作业难度极大，陷入停顿。

时间在一分一秒地流逝。

救援进行到现在，必须争分夺秒，与时间赛跑，与风浪搏击。

经过实地考察、科学研判，张建军和张学逵一致认为，恶劣海况会导致风险更大、时间更长、代价更高。如果能采取安全谨慎措施，将难船移至安全水域或码头隔离区域，再进行后续作业，可有效化解海况带来的作业风险和困难。

应急指挥部接受了他们的建议，及时调整接驳方案，将"光汇616"轮拖回石岛港区靠泊，再由"宁化411"轮按照预先制定的工作方案实施接驳输转作业。

拖带"光汇616"轮靠泊

## 众志成城全力施救

6月9日，"光汇616"轮被拖至石岛港避风港区，转驳战役正式打响。

17时，经过艰苦奋战，两船均已完成惰化工作，成功踏出了迈向胜利的第一步。

18时05分,"宁化411"轮靠妥"光汇616"轮左舷。

"宁化411"轮靠妥"光汇616"轮左舷

至此,攻坚战全面打响。

6月10日2时50分,货物转驳开始。

整个转驳过程中,张建军驻守在事故现场指挥,保持与应急指挥等多部门协调沟通,及时建议应急指挥部调整、完善作业方案,确认过驳作业的每个关键环节,确保整个过驳作业的安全。

一个党员就是一面旗帜,一个支部就是一座堡垒。

"由不得意外,一点意外就是大事。"

"作业时要使用铜扳手。"

……

基于对货物的了解,船长王章东按化工作业最高要求,一再强调注意事项。

大副王远博不断与"光汇616"轮大副联系沟通,谨慎、精准操作,将货物损失降低至最低限度。

生的希望／我身边的最美搜救人（二）

在接下来的几天里，"宁化411"轮船员紧张作业，分秒必争。在连续高强度的作业中，每个人都咬紧牙关，继续奋战。

频繁换舱、随时调整压载水、充满难闻异味的货物、不断"罢工"的移动泵……他们迎难而上，在危险的环境中直面风险，分工明确，昼夜鏖战。

党旗在抢险救助第一线高高飘扬，凝聚起众志成城的磅礴力量。

6月15日16时43分，经过连日艰苦奋战，"光汇616"轮上的货物全部转驳完毕。

终于迎来胜利的曙光。

6月15日18时30分，随着"宁化411"轮缓缓驶离石岛港，本次救助行动画上了圆满的句号。该轮全体救助人员凭着极高的政治素养、良好的道德风范和突出的专业技能，在关键时刻发挥了救助主力军、突击队作用，书写了听党指挥、服务人民、英勇善战的动人篇章。

"宁化411"轮

# 铁面柔情护平安

—— 记黄埔海关缉私局海上缉私处一级警长　陈伟勇

《中国水运报》记者　张　涛

驰骋海上时,他是铁面无私的缉私英雄;水上救援时,他是守护百姓平安的生命拯救者……在广东珠江口水域,活跃着一位英姿飒爽的铁面卫士,他就是陈伟勇。

陈伟勇

# 生的希望 / 我身边的最美搜救人(二)

陈伟勇,男,1988年5月生,中共党员,2011年参加工作,现任黄埔海关缉私局海上缉私处一中队一级警长。从警十余年来,陈伟勇一直在水上缉私一线工作,始终坚守岗位,不忘初心,坚决做到忠诚履职、勤勉务实、吃苦耐劳、甘于奉献,多次获得"优秀共产党员"荣誉称号,并受到3次个人嘉奖。

近两年,因黄埔海关缉私局管辖水域毗邻港澳,受疫情防控形势变化影响及高额利润的驱使,大功率快艇(俗称"大飞")走私呈爆发式增长,缉私任务繁重。"大飞"动辄装有3台以上进口舷外发动机,航速可达50节以上。在水上无视交通规则高速航行,极易引发安全事故,对过往船舶造成严重威胁。为确保水上缉私行动的安全规范,进一步保护好人民群众的生命安全,陈伟勇未雨绸缪,苦练基本功,与一中队的民警们一起,积极开展水上救生部署训练,不断强化队员的安全意识与配合默契,提高应急处置能力。

陈伟勇同志正在开展救生部署

黄埔海关海岸线长达200多海里,辖区内河水道纵横交错,走私分子蠢蠢欲动,海上追捕风险莫测。有人曾说过:海上缉私,就是把生命托付给大海。面对危险,陈伟勇毫不畏惧,对走私分子打出雷霆铁拳。

2021年5月28日晚,陈伟勇在执行巡航任务时,发现前方水域一艘"大飞"正高速航行。"大飞"艇上有3名船员,涉嫌走私冻品。黄埔海关缉私艇果断展开了追缉行动。在追缉过程中,"大飞"全速逃逸,频繁穿梭于过往船舶之中,通过蛇形走位不断制造船浪,企图摆脱执法人员。缉私艇驾驶员凭借高超的驾驶技术和丰富的航行经验,始终紧紧咬住,紧随其后。就在"大飞"油料耗尽之际,3名船员狗急跳墙,跳水逃逸,完全不顾失控船只可能造成水上安全事故。

**陈伟勇同志夜间码头集结执行出海任务**

险情就发生在一瞬间。3名船员跳水位置位于虎门大桥下约800米的水域,此处水流湍急,暗潮涌动,落水人员极有可能马上被潮水吞噬,且过往船只十分密集,船员生命危在旦夕。此时,陈伟勇当机立断,一面跳至失控的"大飞"上,控制速度和航向,确保其不撞向其他船只;一面马上对落水人员开展救援,加强灯火管制,全力搜索落水位置,确保他们不被水流卷走。最终,3名船员先后获救。救援虽只有短短20分钟,但陈伟勇和队员们却是在和死神赛跑,维护正义的同时,也在保护生命。

陈伟勇同志顺利结束出海任务返回驻地

每一次行动,都有刻骨铭心的记忆;每一次救援,都有光芒温暖他们的内心。黄埔海关缉私局不仅承担着珠江口辖区水域内的打击走私任务,还承担着辖区其他部门的执法协助和水上搜救任务。陈伟勇和队友们一次次乘风破浪、分秒必争,捍卫人民群众的生命财产安全,奏响了一曲曲生命赞歌。

2021年6月的一天,按照日常工作部署,一中队处于备勤状态,负责协助其他中队执行水上缉私任务。晚上10时许,陈伟勇的电话响了起来:"紧急出航任务!搜救一艘翻沉的快艇,目标水域是狮子洋莲花山水域。"警情就是命令。陈伟勇火速前往码头集合,驾驶缉私艇快速前往目标水域。到达现场后，发现一艘快艇已翻沉，艇边上有一名落水者，随着水流的涌动，快艇和人不断往主航道漂去，情况紧急。

陈伟勇同志正在水上巡航

狮子洋航道，过往船只密集，且大多是大型货船，一旦发生碰撞，后果不堪设想。此时，缉私艇立即转入救生部署状态。陈伟勇凭借丰富的水上救援经验，一方面组织缉私艇慢速靠近快艇，并熟练地用尾缆将快艇快速固定，进行控制拖曳；另一方面向落水者抛投救生圈，积极施救。经过15分钟的紧密配合，最终控制了翻沉的快艇，救起了落水人员，成功化解了一起水上交通险情，有力保障了人民群众生命财产安全。

不驰于空想，不骛于虚声。陈伟勇以对党和人民的无限忠诚，践行着打击水上走私的初心和使命，始终牢记着缉私警察的奉献与担当，守护着人民群众的生命财产安全，诠释了一名"最美搜救人"的别样风采。

# 蓝海之上续写人间大爱

## —— 记温岭市第四人民医院海上医疗急救志愿队

《中国水运报》记者 魏鋆依

一群普普通通的医生、护士,一艘普普通通的机帆船,组成了一支普普通通的队伍。但就是这支看似普通的队伍,却连续做了32年不普通的事。

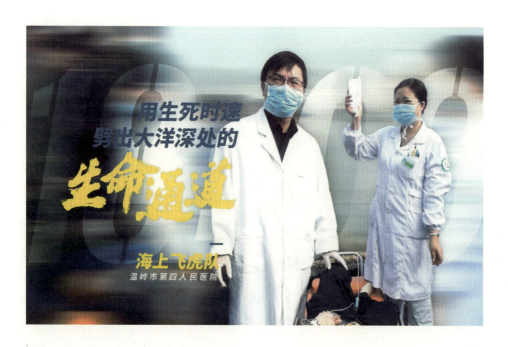

这支队伍就是于1989年11月成立的温岭市第四人民医院海上医疗急救志愿队（简称"海上医疗急救队"）。截至2021年底，海上医疗急救队共出海施救393次，救治渔民540余人次，海上行程5.2万余海里，最长一次达76个小时……他们在惊涛骇浪中谱写奉献之歌，被渔民们亲切地称为"海上飞虎队"。

## 风浪中的"白衣天使"

温岭地处浙江东南沿海，万名渔民长期在海上生产生活，各种突发性疾病、海上交通事故时有发生。茫茫大海，没有医院和医护人员，环境条件恶劣，一些小病痛常常威胁到渔民们的生命。温岭市第四人民医院位于渔区重镇，责无旁贷地承担起了海上医疗急救的任务。

"每当求助电话响起，就意味着一场与死神的战斗就要打响。"内科医生周贤根回忆道，一次，3名海上医疗急救队队员出海抢救1名渔民，晚上8时才抵达距离陆地80海里的海域，他们顶着8级大风，对被困渔船的病人进行了紧张的身体检查、抢救……历时15个小时，待返回岸上时已是第二天凌晨。

每一次海上急救，队员们都在经历严峻考验。黑沉沉的海面，时而卷起滔天巨浪，起伏颠簸的船体、大于45度的倾斜、翻江倒海般的呕吐……这一切早已是队员的家常便饭，但这支海上医疗急救队，一直坚持"有报必接，有危必救"，只要群众有需要，他们随时准备出发。

## 生的希望 / 我身边的最美搜救人（二）

**寒冬出海救治生病渔民**

"目前海上医疗急救队有65名队员，年龄在27岁到40岁之间。队员们接到任务后，按值班情况和渔民受伤情况去救治，大家从没有什么怨言。"海上医疗急救队第三任队长周鸣钧说。

经过几十年的运作，海上医疗急救队已经有了自己的运营机制。"我们实行24小时值班制度，在急诊科、内科、外科等科室常年配备医护人员12名，接到海上突发事件紧急呼救后，根据救助人数启动分级响应，救援队在10分钟内集结完毕，20分钟内随搜救船出海。"周鸣钧说。

有网友为其留言："好人就在身边，善举就在眼前。""从一个个人到一群群人，学习好人、争当好人正成为一道最美风景线。"

### 急救时的奋不顾身

翻开海上急救记录本，一幕幕抢险历程清晰呈现——

2011年9月的一天下午,海上医疗急救队紧急出动,救回1名在海上作业时受伤的渔民。当天下午2时许,急救队接到求救电话,称1名四川籍渔民在作业渔船上意外受伤,伤情危重。

如果出海营救,必须克服两个难题。一是急救船只从哪里来?当时没有专门的急救船只,以前需急救的渔民大多是本地人,就由病人所在的村调配船只。二是海上刮着8级大风,船只出海风险较大,如何保障队员们的安全?

尽管如此,急救队还是当机立断:救!

几经联系,家住石塘的"平安水鬼"郭文标提供了急救船只,并亲自参与营救。面对8级大风,周鸣钧说:"救人高于一切,刮13级大风都出海急救过,这点风浪算不了什么。"

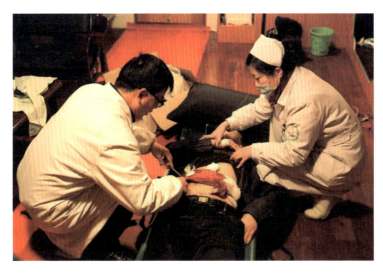

**连夜出海救治受伤渔民**

两个小时后,急救船只载着伤员平安靠岸。由于伤情危重,急救车未在温岭市第四人民医院停留,而是紧急驶往温岭市第一人民医院。

"我联系了附近好几家急救机构,他们均因海上风浪较大而没有出海,只有这支急救队不顾自身安危赶来了!"出事渔船的船老大说道。

"风浪再大,也要出发",这是急救队的一条基本准则。经受风与浪、生与死的考验,这支队伍始终有一个无比坚定的信念:一切为了渔民的生命。

## 平日里的扶危济困

32年的救援经历,海上医疗急救队救过石塘渔港的本地渔民,救助过温州的渔民,也救助过福建的渔民,甚至还抢救了不少日本、韩国、印度等国家的船员,受到普遍赞扬。

"我们的救援,是不分国籍或者船籍的,只要是在台州海域出事的船,有救援信息到我们这边来,我们都会第一时间组织医护人员去救援,做到'走得快、治得好'。"周鸣钧说。

海上医疗急救队建立以来,温岭市第四人民医院不断对急救设备进行升级,小型吸氧器、手提式心电图机等设备也逐步配备到位,以方便医生第一时间对船上的病患情况作出准确的判断。

海上医疗急救队的志愿医生,每年休渔期还会对渔船的船长进行急救以及医疗知识的培训。"船长对于伤员的病情描述,对医院第一时间安排哪个科室的医生过去,很关键。"周鸣钧介绍。

不仅如此,海上医疗急救队还每年定期组织赴山区、海岛、街头等地开展送医、送药、送爱心、送健康等义诊活动。十年来,他们共组织义诊活动200多次，治疗普通疾病16000人次，赠送价值10余万元的海上急救药品，收到渔民送来的锦旗60余面。同时，对特困急、危、重患者开通"绿色通道"，先抢救后收费，减免费用7万余元。

温岭市第四人民医院海上医疗急救志愿队成员出海急救

"第一时间抢救病人，是我们追求的目标。海上医疗急救队会继续在台州海域驰骋，挽救伤患渔民的生命。"周鸣钧坚定地说。

扶危济困、敬老助残……32年的承诺、32年的坚守，这支队伍穿梭于风雨中，抢险于星辉下，以生命、汗水和勇敢打通了海上急救的"绿色通道"，构筑了保障人民生命安全的坚强防线，续写着人间大爱。

# 长江上的"生命守护者"

## —— 记南京市公安局水上分局一级警长 吕宏伟

《中国水运报》记者 王寅娜

吕宏伟

为了救人,他日日苦练救生本领,完成了从"狗刨"到游泳横渡长江的壮举。他和同事们一起成功劝阻跳江轻生者70多人,成为长江上的"生命守护者"。他就是南京市公安局水上分局下关派出所长江大桥应急救生屯兵点(简称"屯兵点")一级警长吕宏伟。

## 救起跳桥轻生者，创造生命奇迹

屯兵点设有一面荣耀墙，其中有一个专门的板块，用图文的形式，简要记录了屯兵点自成立以来的一些救援经典案例。吕宏伟的名字频频出现在上面。

吕宏伟现年53岁。这些年，他救了许多人。让他最自豪的是2014年4月24日的那次救援。他现在还记得很清楚，那天下午2时，屯兵点接到报警，说是有人跳桥。吕宏伟和同事用最快的速度赶到事发地点，发现一个长头发的女孩，头部浮在水面上，忽上忽下。看到女孩还有意识，吕宏伟一边大声和她说话，一边准确地伸出救生杆。女孩抓住了救生杆，吕宏伟和同事们用力把她拖到了船上。

"这人还活着！"吕宏伟还记得，当时他兴奋地大喊着向领导报告。"那时候，我感觉身体里的血都沸腾起来了！"简单的急救后，女孩被紧急送医，平安生还。

吕宏伟之所以这么兴奋，是因为在那之前，南京长江大桥跳桥轻生者无一生还。而吕宏伟和他的同事们打破了纪录，创造了生命的奇迹。

2019年11月2日23时许，他们接到指令：长江大桥北堡附近，一名男子欲跳桥轻生。吕宏伟和同事迅速出艇，到达桥下时，桥上民警正在劝解该男子。吕宏伟则早早地打开了探照灯，做好各方面准备，防止男子跳桥。

"那个男同志不听劝，还是跳下来了。"吕宏伟回忆，"当时能见度很低,不过因为我们早有准备,探照灯准确地捕捉到了他,几乎在他落下的一瞬间,我们的船就到了落水点。"

吕宏伟再一次准确地送出了救生杆,把轻生男子救到了船上,并立即为这名已经脉搏微弱、神志不清的轻生男子做了心肺复苏。后经及时送医抢救,该男子脱离了生命危险。

这一次,吕宏伟又创造了首例夜间成功营救南京长江大桥跳桥轻生者的历史。

## 不仅要救命,更要救心

同事们说,军人出身的吕宏伟,说话做事干脆利落,给人不善言辞的印象。然而,熟悉他的人都知道,其实他很能说,而且很会说。

南京市公安局水上分局下关派出所教导员李海学回忆,2019年初,一个女孩喝多了酒到江边要自杀。家人报警,只知道她在江边,不知道具体地点。他和吕宏伟一个班组,沿着江边搜。吕宏伟边找人边打女孩的电话,一直在做女孩的思想工作。那通电话打了40多分钟,不但稳住了女孩的情绪,还详细了解到方方面面的情况,更重要的是问清了女孩的具体位置——南堡金川河口。那里不是他们的辖区,李海学及时向指挥中心报告,请求陆上就近组织救援。吕宏伟则继续打电话和女孩谈心,让她打消了轻生的念头。后来,女孩被赶到的民警及时救下。

"那次我才知道,原来老吕真的很能说,而且说的话句句走心,做思想工作绝对是一流的。"李海学竖起大拇指称赞。

2020年4月的一天，一名有轻生倾向的中年女子在屯兵点附近江边哭泣，吕宏伟闻讯赶过去和女子聊了半天，终于解开了她的心结。他还是不放心，又和闻讯赶来的女子家属聊了很久，告诉他们平时该如何和该女子相处。后来，女子的儿子给吕宏伟打电话，再三表示感谢，说他妈妈的状态好多了。

对于救人，吕宏伟有自己独到的理解："救人不仅仅是救命，人活了但是心没有救回来，那还是失败的。不仅要救命，还要救心。"

南京市公安局水上分局经常组织心理专家为民警授课，吕宏伟每次都学得很认真，积累了丰富的心理学知识。在一次次救人、一次次面对轻生者时，他活学活用，总结出了自己的救心"土方子"。

"关键要抓住轻生者的'堵点'和'痛点'。堵点就是轻生的原因，无外乎身体、心理疾病，或者经济、情感等几个方面。找到堵点，哪里堵了排哪里。痛点就是轻生者在乎什么，哪儿疼就往哪儿戳。比如说他关心儿子，就多讲讲儿子；关心父母，就多讲讲父母。"谈到自己的"土方子"，吕宏伟变得健谈起来，"当然，要想让轻生者愿意跟你谈，你得先把他当成亲人，推心置腹，就像对待家人一样，他能感受到你的真情。"

吕宏伟和他救下的大多数人都保持着长久联系，主要是跟踪进行心理抚慰和疏导。

跳桥轻生第一起成功救援的那个女孩，至今还和吕宏伟有联系。"她现在已经嫁人生子了，和她聊天能感觉得出来，以前她看到的多是阴暗的东西，现在则变得阳光、乐观了，说明她是真的走出来了。"说到这里，吕宏伟难掩欣慰之情。

生的希望 / 我身边的最美搜救人（二）

## 为了几秒钟，日日苦练功

为了提高水上救生成功率，2013年11月，南京市公安局推行警务机制改革，在南京长江大桥水域设立屯兵点。3名民警、6名警务辅助人员实行三班两运转，24小时常态值守。吕宏伟是第一批主动请战到屯兵点的"元老"。

屯兵点设在南京长江大桥附近的一个重要目的，就是为了救援坠桥落水者。但当时，很多老水警都觉得要实现这个目标很难。"屯兵点成立之前的几十年，我们接到不知道多少这样的警情，每次赶到的时候，跳桥的人连影子都很难见到，更别说救人了。"一名老水警说。

吕宏伟在南京长江大桥水域开展救援演练

然而，屯兵点成立不到半年，吕宏伟就和同事们一起打破了这个

"常规",实现了零的突破。"关键是要快,和死神抢速度。"吕宏伟说。

为抢抓黄金救援5分钟,南京市公安局设置专门应急信道,变三级派警为"一键通"警情流转。屯兵点每名值班民警的手机都是接警台,接到相关警情就要立即出动。经过反复训练,终于实现了"1分钟出艇,3分钟到达大桥水域"的目标。

但吕宏伟觉得这还不够。为了尽可能缩短救援时间,吕宏伟在平时训练中掐时间、抠细节,反复演练。他还专门研究了船艇的停靠位置和系缆绳的方法,提议将缆绳由栓系式变为圈套式,这一创新将出艇时间又缩短了几秒钟。

吕宏伟研究的圈套式系缆法

吕宏伟刚到屯兵点的时候,只会"狗刨"式游泳。为了提高救生技能,他天天参加游泳技能训练,天天跑步爬山练体能。两年后,他成为南京市公安局水上分局首批取得救生员国家职业资格证书的民警。五年后,他拿下南京市公安局第二届警体运动会游泳比赛100米自由泳冠军,并和同伴们一起,取得了全国水警大练兵团体冠军。

# 生的希望 / 我身边的最美搜救人（二）

吕宏伟开展水上救人训练

除了参加常规训练，每年10月以后，吕宏伟还会自发参加冬泳训练。他几乎游遍了南京的野湖和野塘。"主要是为了保持状态，让身体能够适应各种水域的各类水情。毕竟我们救人都是在野外，需要时刻做好准备。"吕宏伟说。

从警20余年，吕宏伟先后荣立个人一等功1次、个人二等功1次、个人三等功1次，获嘉奖1次；获评中央政法委2021年度"平安英雄"和第八届"江苏最美警察"，并获得中宣部、公安部2020"最美基层民警"提名奖，以及南京市公安局第五届"群众最喜爱人民警察"提名奖。

# 人民记心间　使命扛肩上

## ——记厦门市曙光救援队队长　王　刚

《中国水运报》记者　王有哲

在生与死的边缘，有这样一个人：危难关头，他冲得上去；紧急时刻，他救得下来；凶险十分，他潜得下去；关键节点，他捞得起来。他就是厦门市曙光救援队队长王刚，用多年军旅生活铸就的铮铮铁骨，保障了海上人命财产安全。

王　刚

2008年以来,王刚牵头组织并亲身参与全队90%以上的救援任务,包括山地、水域、现场危机干预、A类生命救援以及国内外自然灾害救援等共计1200余次。无论是在浊浪滔天的海上,还是在乌云滚滚的天空,抑或在冰冷漆黑的水底,每一次出现,他总是义无反顾,用热血换取生命的尊严,用担当守护祖国的海域,用奉献铸就品质工程。

## 千锤百炼,循初心而行

今年已经46岁的王刚,曾在东南某部野战集团军服役多年,军旅生涯铸就了他的铮铮铁骨和不服输的信念。自创建曙光救援队以来,他刻苦钻研搜救技能,精心学习救助本领,凭借过硬的能力和无畏的精神,将一个个濒临绝境的遇险者从死神手里挽救出来,用青春和热血书写着人命救助事业新传奇。

"奋力推进社会救援体系建设,是时代赋予的光荣使命,也是一份重大的挑战。"王刚说,他带领队伍无数次在危急关头逆风而行,在惊涛骇浪中奋力挽救了数千个生命以及其背后的家庭。

2021年7月,河南出现明显降水过程。19日17时至20日17时,河南暴雨更是迅疾猛烈,郑州、许昌、新乡等地区出现特大暴雨。郑州市的天空像是被撕开了无数口子,雨水肆无忌惮地向大地倾泻,24小时降水量达258.1毫米,为郑州历史上首个特大暴雨,大幅超越历史纪录。

"汛情就是命令,安全就是责任,防汛救灾不容有失。"7月20日,由厦门市曙光救援队发起,集结了邯郸、永清、常州、马鞍山、金乡等19支队伍共380余人组成的曙光救援同盟河南救援救灾团队,千里驰援救灾现场。在本次救援中，王刚担任救灾总指挥。

在救灾现场，王刚带领队员火速开展救援工作，以队为组编制进行区域式救助，救援范围涉及郑州、新乡等地的52个村庄。7天夜以继日的紧急救援行动，实施被困人员转移、生命搜索营救、危重伤员救治转移、医院内被困患者救助转移等救援行动。虽然面对时间紧迫、作业条件艰苦、救援设备简陋等众多困难，但王刚凭借着丰富的经验、精湛的技艺、顽强的作风，不辱使命，圆满完成了应急抢险救援。

截至7月29日，曙光同盟救援小组共转移受灾群众1327人，同时由各队抽调人员组成的联合救灾小组针对灾区需求，在中国扶贫基金会（今"中国乡村发展基金会"）的支持下，启动了"曙光救援，点亮灾区"计划，第一时间紧急采购100台发电机，点亮32个受灾村庄，给村镇安置点及基层党支部带来照明。

将生死置之度外，沉着果敢，尽全力搜寻生还者，他们就是"把生的希望送给别人，把死的危险留给自己"的中国救捞精神的践行者。水火无情，搜救人却有情，王刚他们勇担社会责任，服务地方发展，用"冲得上去，救得下来"的硬实力，为加快建设交通强国贡献了救捞人的力量。

## 担当尽责，永不懈怠

"人命救助是一个伟大而崇高的事业，我为自己选择这个职业感到无上荣光。"王刚说，作为众多救生员中的一员，他的职业使命告诉他，对自己的工作，永远不能满足、永远不能懈怠、永远不能停歇。

为提升救援效能,王刚牵头曙光教官团队根据国际通行的处置流程并结合实战经验,编制了山岳(高空)、水域、声呐、潜水等技术标准和训练大纲,建立了全面完善的技术体系,在队内科学施训的基础上对外广泛推广。目前,各地的曙光体系队伍均使用统一的曙光队名、标识和基本管理制度,按照厦门队的技术体系和训练大纲开展技能培训、组建专业救援小组,每年定期派人到厦门队跟班作业并学习船艇、声呐、潜水、绳索、训犬等技术。同时,王刚还采取战训合一的方式带领教官团队赴各分队开展技术交流、现场指导。

从事救援工作十余年,面对工作,王刚始终认真严谨;面对家人,他总是三缄其口。母亲和妻子每每问起工作细节,王刚总是一语带过,从不提工作中的风险与困难。他说:"让家人少知道一点,他们就少担心一点。"

# 海之骄子　英勇无畏

## ——记上海海上搜救志愿者总队

《中国水运报》记者　丁　文

在电影《志愿者》中有一句台词："一个人的一辈子有70年，如果把七十分之一的时间拿出来做一件有意义的事情，那么人生将更加美好。"这句话说得容易，做到却很难。然而，有这样一支志愿者队伍，他们怀揣着热情，肩负着保卫生命的伟大使命！他们急困难者之所急，帮困难者之所需！他们，就是一直默默守护着我们的民间志愿者队伍——上海海上搜救志愿者总队！

上海海上搜救志愿者总队在上海海上搜救中心统一领导下，立足上海建设全球卓越城市的定位，将志愿服务和海上搜救工作相互融合，广泛参与海上应急搜救、海上应急处置、海上安全宣传、涉海（水）慈善公益等工作，大力弘扬"奉献、友爱、互助、进步"的志愿服务精神，充分展现"服务他人、奉献社会"的社会正能量，成为上海海上应急安全领域的重要社会力量。

# 生的希望 / 我身边的最美搜救人（二）

## 服从指挥，响应险情处置

寒霜染鬓皱纹起，热情似火力无边。

2021年1月7日上午，受北方强冷空气影响，上海市气温普遍降至-7℃，并伴有6~7级的大风。凌晨，黄浦江上游龙华附近水域发生两艘小型船舶碰撞险情，造成1人落水失踪。上海海上搜救志愿者（简称"海搜志愿者"）作为一支社会应急力量，得到上海海事局指令后立刻响应，江海、林浩、丁慧童等7位志愿者及"海搜08""海搜09"应急救援艇立即前往应急点集结，在黄浦海事局现场统一指挥下开展搜救行动。

"严寒之下，志愿者们的衣服上结了冰霜，船艇沾上的水也结起了冰，但这丝毫没有影响到志愿者们的搜救行动。再寒冷的气温和再凛冽的大风，大家都无惧无畏，险情就是争分夺秒，就是与时间赛跑。"上海海上搜救志愿者总队总队长朱刚浩向记者讲述。

奉献永无止境，他们令人感动。

2021年7月21日起，第六号台风"烟花"加强为强台风级，上海市出现超强大风阵雨天气，上海沿江沿海地区防汛防台形势日趋严峻。为做好防御准备，海搜志愿者分别在上海北区、中区、西区3个备勤训练中心实施24小时备勤应急待命值守。22日下午，有4名未成年游客在奉贤区杭州湾海塘附近海滩游玩时被海浪卷走，1名成年游客下海施救，一同被卷走失联。上海海上搜救中心迅速组织专业救援力量开展水上搜救行动。险情就是命令！处于应急待命状态的海搜志愿者周法均、桂明星、汪嘉梁、江海、姚黎黎等21人携带4艘救援艇迅速抵达现场，在金山海事局现场统一指挥下，协助消防、公安人员展开水面搜救行动。22日傍晚，在上海市警务航空队直升机的指引下，海搜志愿者发现一具落水人员遗体，消防救援艇到达后将落水人员遗体移交给了岸上的公安人员。

2021年9月18日21时40分，黄浦江蕰藻浜水域2艘小型船舶碰撞，2人落水，情况紧急。上海海上搜救志愿者总队接到通知后，立即派出2艘救援艇和7位具有丰富经验的水域救援行动组专业海搜志愿者参与搜救行动。海搜志愿者严格服从吴淞海事局的统一指挥，制定搜救方案，连续3天开展人命搜救行动。

2021年12月27日凌晨，黄浦江吴淞口靠泊码头的船上1名船员落水失踪。接到险情信息后，上海海上搜救志愿者总队的6名专业水域救援行动组队员积极响应，立即赶赴现场，在吴淞海事局的统一指挥下，配合海事巡逻艇、拖轮等专业力量一起开展紧急搜救行动。当天上午气温已降至-4℃，实际体感温度更低，志愿者们在如此寒冷的天气条件下，依然做到了反应迅速、有条不紊，充分展现了海搜队伍的专业性。

## 人文关怀，做好心理疏导

在重大的水上事故面前，遇险者家属所受到的心理冲击可想而知。海搜志愿者不忘关注他们的心理健康，及时给予必要且科学的心理干预。

2021年6月2日，1艘翻扣船舶从上游漂至宝山水域时沉没，3人失踪。半夜时分，上海海上搜救志愿者总队接到宝山海事局紧急通知后，连夜组建了具有水上搜救技能及心理咨询经验的两组志愿者。当日下午，在宝山海事局的统一指挥下，沉船打捞工作顺利进行，经心理组志愿者安抚，遇险人员家属急剧上升的压力得以快速缓解、情绪稳定，并向所有志愿者们致以真挚的感谢。

朱刚浩告诉记者，上海海上搜救志愿者外语组曾5次协助海事部门解读外籍船舶船载航程资料记录仪（VDR），涉及缅甸语、菲律宾语、印度语、朝鲜语等，医疗急救组通过电话连线开展远程船员医疗咨询。另外，海搜志愿者还积极参与水上交通安全知识进校园、进企业、进渔村等活动。

2021年6月16日上午，上海海事局、海搜志愿者参加上海市农业农村委员会在崇明区陈家镇奚家港渔业村开展的以"落实安全责任，推动安全发展"为主题的上海市"6·16"渔业安全生产咨询日活动，开展水上安全知识宣传、应急医疗的展示与现场咨询。

在新冠疫情防控期间，16位海搜志愿者协助黄浦区昭通小区转运因疫情被隔离的老弱残障人员。看见居民们都安全地返回了家中，海搜志愿者们的心里也踏实了。那些亮红色的身影给大家留下了满满的感动，温暖着每位居民的心。

## 全力以赴，捍卫水域安全

从繁星点点到旭日东升，从艳阳高照到华灯初上，2021年，海搜志愿者积极投身水上交通安全保障工作，全力以赴确保祖国东大门水域安全。

5月21日开始的第十届中国花卉博览会期间，为满足群众安全便捷观赏的需要，上海浦江游览集团有限公司开辟了"花映浦江"一日游航线，"双拥号"客轮定期往返秦皇岛路码头至崇明新河码头。为保障航线安全，海搜志愿者联合黄浦海事局、水上公安局等单位共同开展"助力花博　志愿行动"党员流动服务站活动。志愿者为旅客进行现场答疑和引导，为老弱病残孕群体提供"绿色通道"服务。具备医疗急救技能的志愿者还开设急救处置微课堂，通过急救设备的使用演示、常见意外的应急处置等互动教学，帮助游客掌握基本的急救小常识，提升自救、他救能力。

参加2021年黄浦江水域客渡船险情事故应急处置演练合影留念

## 生的希望 / 我身边的最美搜救人（二）

在第四届中国国际进口博览会期间，海搜志愿者配合上海海事局，全力保障黄浦江重要水域安全。立冬以来，上海天气如同按下了"快进"键，11月初上海气温骤降至3℃。海搜志愿者冒着寒潮大风，坚持应急备勤，在黄浦江核心水域开展安全巡航值守，为随时可能发生的突发险情做好应急处置准备！

**积极参与应急救援和水域安全保障**

不惧寒冷，服务暖心。有海搜志愿者守护的地方，就是充满温暖与阳光的世界！

# 海上搜救当先锋　风口浪尖显忠诚

## —— 记海韵志愿救援队

《中国水运报》记者　祁　玲

大海总是性情不定，上一秒的平静可能就被下一秒的波涛汹涌打破。海的辽阔和壮美下隐藏着种种危险。在东海之滨的海岛玉环，有一支家喻户晓的海上搜救队伍——海韵志愿救援队。他们在一次次危难中救生命于狂澜，是一支活跃在海上救助第一线的民间救助力量。

海韵志愿救援队

**生的希望** / 我身边的最美搜救人（二）

## 组建队伍，不让大海再带走鲜活生命

"守护神""郭大哥""郭大侠"……人们送给郭爱国不少外号，海韵志愿救援队就是这个玉环海边长大的男人自费组建的。数年来，作为队长，他带领着这支队伍在海上"拽"回一条又一条生命。

"30多年前，我最要好的玩伴，就是在这片海里没的。"这是郭爱国埋藏在心中的隐痛。"当时要是有救援队就好了。"这些年来，他常常这么想。但让他把想法变成现实的，则是源于几年前的一次亲身经历。"那天，海边游泳的两个小伙子被海浪卷走，我和几个朋友跳下海救人，虽然想尽法子救了回来，但其中一个还是没了呼吸。"在遇难者家人撕心裂肺的哭喊声中，郭爱国彻底下定决心："只要我在，就不会让悲剧再轻易发生……"

2016年，郭爱国放下手头的海鲜生意和小工厂，寻思着找人组建一支救援队，在海边巡防，一旦发现险情就立即下海。一开始，他从坎门冬泳队"下手"，试着动员几名关系较好的"泳友"参与。意想不到的是，他的倡议得到了积极响应。

2017年9月，海韵志愿救援队成立了，这是玉环市第一支专业从事海上救援的民间公益组织。"两位副队长在专业上都比我优秀，一位是冬泳协会会长吴素平，另一位是熟悉水文海况、精通船艇操纵的林胜权，队伍里的弟兄们也各有特长。"郭爱国说。

队员的专业救援素质怎么培养？昂贵的救援装备怎么来？经费在哪里？海韵志愿救援队刚成立的时候，一堆问题摆在郭爱国眼前。不能让队员们失望！郭爱国想出了办法，他带领大家把最近几年这片海域发生过的事故梳理一遍，分析前因后果：小孩子溺水，主要是没有大人陪护；大人溺亡，多数是逞能；有些外地游客因走失、衣物丢失慌不择路而遇险……

这些危险能化解吗？怎么化解？如果化解了，掉进海里的人不就少了吗？等掉到海里再去救，其实是晚了，最好在危险生成之前就出手。

这么一琢磨，郭爱国想明白了。他跑到市场，买回一堆物资，有浮漂、探照灯、高音喇叭。"想想看，有了大喇叭，我们可以随时提醒游客；有了浮漂，落海体力不支的人就可救急；有了探照灯，大家晚上就不会弄丢衣服，孩子也不会走散。我们还在海边建了一间厕所，人们不会因为乱'方便'，失足掉进海里。"郭爱国介绍，这些物件后来都派上了用场，这片曾带走很多条生命的地方，少了许多安全隐患。

几年间，通过郭爱国个人贴钱举债和爱心捐赠，海韵志愿救援队已经拥有了1艘32米长巡逻船、7艘救援艇、2艘冲锋艇和2条摩托艇，救援队有模有样，成为玉环市装备最齐全的海上搜救队伍。

## 有急必应，民间力量大显身手

建立救援队的初衷，只是管好后沙这一片海域。没想到的是，海韵志愿救援队的名气越来越大，"足迹"也在逐步延伸。坎门总队、大麦屿分队、沙门分队分别驻守在玉环本岛东西两侧以及楚门半岛。

翻开海上救援记录本，一次次的抢险历程历历在目。

2018年6月10日，队员林胜权、李永强在后沙巡海过程中，发现一名四川籍男子跳海轻生，两人迅速展开救援，将男子从鬼门关拽了回来。

志愿队员任务途中合影

2018年5月30日，在坎门东沙海域，四川籍男子毛某在岛礁上捡海螺，突遇涨潮，去路被阻断。接到坎门边防所救援电话后，海韵志愿救援队立即出动14名救援人员、1艘巡逻救援艇和1艘摩托艇，仅10余分钟就赶到现场开展惊心动魄的生命救援。

2018年5月6日，接到公安救援信息，在玉环漩门三期围垦区，有人因看海不慎被大风"刮"走，被困海上。海韵志愿救援队迅速出动，迎着7级大风和一次次盖过头顶的海浪，成功将遇险者救回。

救援，就是和时间赛跑。为了尽快靠近需要救助的人，海韵志愿救援队已形成了一套动态值班待命制度，每天晚上10人值班。"我们还在地图上划分出了10分钟就能到达的海域范围，如果发生台风避险、船舶搁浅、游人溺水等突发情况，就能第一时间到达。"郭爱国指了指墙上的海域地图，只见上面布满了密密麻麻的圆圈，清楚地标记着每块礁石、岛屿的海里数。

海韵志愿救援队还与玉环公安110指挥中心成立协调群，一有海上险情，公安请求支援的信息就会第一时间发送到郭爱国手机上，形成较为完整的应急联动机制。"希望通过我们的微薄之力把海上事故数量慢慢降下来。"郭爱国说。

## 救援时刻，快一秒就多一分希望

大海究竟有多凶险，只有经常和它打交道的人才知道。郭爱国说，海上遇险在没有任何援助的情况下，逃生率几乎为零。他以2018年5月救援海边捡海螺四川籍男子为例，讲述了救援过程中遇到的难题。

"当时，海上并不平静，不时出现漩涡，几次把救援船和摩托艇逼走。超过3米的浪头，一个接一个劈向岛礁。我估摸着，再过10多分钟，整个岛礁就会被海水吞没，心里别提多着急了。"试了很多次，人终于救上来了。很多人叫好，但郭爱国却开心不起来，心里想着那些漩涡、大浪中，摩托艇怎样才能又快又安全地靠近岛礁？这个问题不快点解决，救援很可能无效。

玉环市有关部门了解相关情况后，邀请各方救援力量参与"解题"。经过反复琢磨研究，设计出了一种新装备——投射救生器。它装有强力发射装置，可以把救援绳投给被困者，固定好后，救援队员可以借助溜索滑向岛礁，把被困者转移到船上。

后来，海韵志愿救援队参加了一场海上救援演习。一对男女海钓时失联，无人机侦查发现，两人被困在横趾山岛。海韵志愿救援队立即出动"海韵一号"救援艇、"普天"号摩托艇和1艘冲锋艇到现场。

营救中，投射救生器派上了大用场，营救时间比预计快了1分多钟。可别小看这1分多钟，在海上救援，耽误1秒钟就可能失去一条生命。

所以，队员们进行训练，也必须一分一分地争，一秒一秒地抠。为争抢这分分秒秒，特警带着队员一招一式练。甚至把动作规范到晚上睡觉时衣服鞋子怎么放，才能最快速度穿好，最短时间赶到现场。

## 生死攸关，用使命守护生命

坎门后沙是个天然"大泳池"，盛夏时节，前来消暑戏水的游客量多时达数千人次，溺水事故时有发生。郭爱国说："海上救援不比陆上，一定要快，谁都不敢拍胸脯说，一定会安全地把人救回来。毫不夸张地说，每次救援都像买彩票。"

救回那么多人，队员们依然有觉得难过的时候。有一年，一名贵州女子独自来到海边，一步步走向深海。救援队的值班员发现了，大声喊她，她不理。眼看海水快淹没头顶了，正在海里进行游泳训练的队员迅速出手，把她救上岸。

这名贵州女子被救起后，情绪非常不稳定，完全不理人，也问不出亲人的联系方式。队员只好在她的电话卡里查找。结果打通电话后却被对方亲属当作骗子骂。队员们当时还浑身湿淋淋的，忍着火，一遍遍解释，直到对方相信。

经过几年的发展，原先只有15人的队伍逐渐壮大。如今海韵志愿救援队已有100多名成员，有工人、渔民、个体工商户等，90%以上都是坎门本地人。他们有着同样的执着——随时待命、立即集合、火速前往救援现场，以专业的救援力量救人于危难。其中还有20多名全职队员，他们毅然放弃原来的工作，全身心投入海上救援中，24小时待命，全年无休。

林胜权原先是个跑船工人，从小熟悉水性。几年前，偶然得知要建立救援队，他立马要求加入。"我本身就很喜欢在海上待着，也有专业的救生证，觉得做这样的事情很有意义。"林胜权说。

50多岁的李跃辉是中级游泳教练。每逢暑假来临前，他都会化身"老师"和队员奔走于各个中小学，进行水上安全、防溺水宣讲。李跃辉说，和救人有关的事情，他会和队员们一直做下去。

随着救援队伍不断壮大，海韵志愿救援队也慢慢被玉环市民所熟识与喜爱。"力挽狂澜的英雄""海上守护神""海上110"……不少人给予海韵志愿救援队这样的褒奖之词。

**志愿队队员开展日常训练**

"每次把人救上来的那刻，所有的辛苦都会烟消云散。"郭爱国说出了海韵志愿救援队每个队员的心声。

# 践行志愿精神　点亮生命灯塔

## ——记潍坊市海上搜救志愿服务队

《中国水运报》记者　许　愿

有人是政府工作人员，有人是退役军人，有人是资深老船长，有人是医护人员……他们汇聚在一起，组成了潍坊市海上搜救志愿服务队。他们从普通人群中走来，又用热血将心中大爱回馈给人民群众，他们用实际行动践行志愿精神，用无私奉献点亮生命灯塔。

潍坊市海上搜救志愿服务队集体照

志愿服务日常训练

## 争分夺秒,守护生命安全

2016年3月21日15时50分许,潍坊市海上搜救中心接到报警,"恒顺达78"轮在潍坊港外海域机舱起火,船上4人遇险。

"接到求救信息后,队里第一时间下达了搜救任务,我记得当时是下午3点55分,时间非常紧急。"一名成员介绍。

此时,距离日落时间只剩下2个小时,除去救援队员赶往火灾现场的时间,留给搜救队员的现场搜救时间只有30分钟,一旦天黑,现场搜救的难度将大大增加。为了争分夺秒,海上搜救志愿服务队和专业救助直升机同时出动。

"到达现场的时候发现,是一艘货轮的机舱起火,火势非常大,我们救援人员难以靠近。而且货轮的起火原因不确定,很容易引起货舱的起火爆炸。"17时30分,B-7312救助直升机抵达救援现场。时间在一分一秒流逝,为了在日落前完成救助任务,简单协调后,救助机组与现场的救援队临时配合进行救助作业。在两支救援队伍的共同努力下，成功解救船内受困人员。

"大海是我们的家，生活在海上的人们都是我们的家人，当家人有难时，尽管我们不是最专业的，但我们会是最快到达他们身边的人。我们常年生活在海上，我们清楚地知道，在海上遇到危机时的那种无助和渴望，我们志愿为我们的海上家人安全出行保驾护航！"一位队员铿锵有力地说出了这段话。

执行救援任务的志愿服务队员

## 临危不惧，甘做海上卫士

"我作为一名船员在船上工作了34年，也正因为长期在海上工作，能体会到船员的辛苦以及船员遇到险情、危机时那种孤立无援的恐惧心理，所以我选择成为一名海上搜救志愿者，为潍坊辖区海域的险情提供救援帮助。"林边防是潍坊港的一名普通船长，也是潍坊市海上搜救志愿服务队的一员。多年来，每逢船舶或者人员遭遇险情，他总是冲锋在前，全力保障人民群众的生命安全。

2020年8月30日13时16分，潍坊市海上搜救中心接到报警电话，在距离陆地48公里左右处发现一摩托艇翻扣，3名男子落水，落水人员未穿救生衣，在海上漂浮，情况非常危急，急需救助。接到救援消息的"潍港拖16"轮船长林边防立即和船员驾驶船只前往搜救海域参与救援。

"当时有一条船刚离码头，就接到潍坊市搜救中心的通知，说在中港区一号浮1公里以外有3人落水，请实施抢救。我们大约航行2个小时，到了搜救区域，和外轮'硫黄花冠'一起，把3个人抢救上来了。"林边防介绍说。

30余年的航海生涯磨炼了林边防临危不惧、迎难而上的意志，练就了他本领过硬、经验丰富的航海技能。2013年他就加入了潍坊市海上搜救志愿服务队，数不清有多少个狂风暴雨的夜晚，他驾驶船舶劈波斩浪，挽救了许许多多海上遇险人员的生命。多年来，在这枯燥无味而又艰苦的工作环境里，林边防从不抱怨，从不叫苦，凭借一颗无私奉献的心，甘做一名海上平安守护人。

"我们这个'潍港拖16'平时是船舶进出港靠离码头用的，遇到险情的时候，把救援放到第一位。"多年来，林边防带头参与了大大小小近30次海上搜救任务，成功救助遇险船舶16艘次，挽救了近百个家庭。他所带领的"潍港拖16"轮团队多次获得国家海上搜救奖励，所在的潍坊市海上搜救志愿服务队被授予2019年度"山东省最佳志愿服务组织"荣誉称号。

# 生的希望 / 我身边的最美搜救人（二）

## 凝聚合力，打通快速通道

自2013年成立以来，潍坊市海上搜救志愿服务队遇到过不少船员患病的惊险时刻，但在全体队员的合力帮助下，均化险为夷。

2019年6月11日下午，潍坊市海上搜救中心先后接到2起报警：先是1艘在距潍坊港27海里处航行的船舶紧急报警，船上1名船员疑似突发急性阑尾炎，疼痛难忍并呈昏厥状态，情况十分危急；救助过程中，潍坊市海上搜救中心又接到另一起寿光港进港船舶的报警，1名船员突发头疼恶心症状，疑似脑出血，请求救助。接到报警后，潍坊市海上搜救中心立即启动海上突发事件应急响应，开通"绿色通道"，安排船舶优先进港，协调搜救志愿拖轮出海接应，海上搜救志愿服务队和120救护车前往港口做好救助准备。下午4时左右，2名伤病船员先后被参与救助的海上搜救志愿服务队顺利转移至救护车上。险情处置过程中，海上搜救志愿服务队全力配合协助潍坊市海上搜救中心救援工作，2名患病船员得到及时救治。

2021年10月21日深夜，潍坊市海上搜救中心值班室突然听到高频传来求助声音，经询问，得知是位于锚地的"九和×"船上1名船员突发高血压，向海事部门紧急求助。

接到求助后，潍坊市海上搜救中心迅速启动应急预案，紧急协调海上搜救志愿船舶港口拖轮"津港轮×"轮前往救助，并联系120急救中心安排救护车前往海事工作船码头接应。22日0时14分，搜救志愿船舶"津港轮×"轮靠上该船，将受伤船员接到拖轮上，并立即开往海事工作码头。1时19分,该船员在相关人员陪同下搭乘救护车前往医院进行进一步检查与治疗,救助行动圆满结束。本次救援为患病船员争取到了宝贵的治疗时间,潍坊市海上搜救志愿服务队得到了船方、船员的高度赞扬。

对人们来说,大海是神秘、是欢乐、是希望,但对潍坊市海上搜救志愿服务队的队员们来说,大海是付出、是责任、是梦想。他们自发地撑起了潍坊海域的保护伞,并且坚定不移地前行着。

志愿服务队队员背影

# 冲锋在前的"逆行者们"

## ——记浙江省公羊会公益救援促进会

《中国水运报》记者 刘知微

2021年11月10日,浙江省公羊会公益救援促进会(简称"浙江公羊会")从全国社会应急救援力量中脱颖而出,荣获"全国应急管理系统先进集体"称号,成为获此殊荣的三家社会应急救援力量之一。

"运用自己的专业能力为政府解难、为百姓分忧,是浙江公羊会义不

浙江省公羊会公益救援促进会成员合影

容辞的责任。危难面前，我们毫不犹豫，也毫不退缩。"浙江公羊会会长何军说。

浙江公羊会自2003年成立以来，其下属的公羊救援队先后参与了泰国普吉岛难船搜救、重庆万州公交车坠江搜救、临海"利奇马"台风救援、河南郑州抗洪救灾等重大救援任务。在危险和灾难面前，浙江公羊会也用一次次的迎难而上和专业行动，向世界展示了中国民间救援的力量。

## 全力以赴，不畏艰险

水上突发事件应急救援一直是各类突发事件应急救援中的难点。近几年来，浙江公羊救援队组织开展高水平、多层次、专业化的针对性训练，不断提升水域综合救援能力，以自身的专业能力最大限度保障人民群众的生命财产安全。

2018年7月5日18时45分，两艘载有122名中国游客的游船在返回普吉岛途中，突遇特大暴风雨，分别在珊瑚岛和梅通岛附近海域倾覆。7月6日，浙江公羊救援队第一时间组织水域救援专家、潜水打捞员及海底搜索专家等8人，携水下搜索声呐设备和重装潜水设备奔赴普吉岛开展救援。

抵达沉船事故海域时，仍有23人失踪，浙江公羊救援队杭州分队队长徐立军带领队员们立即投入救援工作。由于船只沉没地点水深达到40多米，几乎达到轻潜的极限，潜水员在水底只能停留3分钟，救援工作困难重重。浙江公羊救援队的每一名队员在潜水前，都录制了一段"最后的视频"交给徐立军,如遇不测,就请徐立军将视频发给家属。视频录完之后,队员们便义无反顾地跳入海水之中。

"他们都是用生命在救援,水下遇到的危险是我们无法预知的。"徐立军哽咽地说。

而浙江公羊救援队的队员们都早已暗暗下定决心:"不抛弃,不放弃,我们一定要把每一名同胞都带回家!"最终,经过8天惊心动魄的搜救,浙江公羊救援队队员们克服天气恶劣、深海作业等困难,与国家派出的应急救援力量协同配合,将在此次事故中罹难的中国同胞遗体全部找回。

泰国海军总司令纳利·帕图素万上将前往码头慰问浙江公羊救援队员

## 同心同德，逆流而上

一路救援，凭借的是浙江公羊救援队队员们坚韧不拔的搜救信念。他们是一支穿梭在灾难险情间的先锋军，秉承着"一个也不能少"的搜救初心，义无反顾地奔赴救援现场，不放弃任何搜救生命的机会。

2021年7月17日，河南突降极端暴雨，浙江公羊救援队第一时间响应号召，多支队伍分梯队星夜奔赴受灾地区，开展紧急救援。

7月20日深夜，浙江公羊救援队第一梯队、陕西公羊救援队两支队伍组织15名队员，驾驶5辆救援车，携带冲锋舟、皮划艇、救生衣、自动体外除颤器（AED）、桨板、电锯、担架、医疗包等救援设备及物资，分头赶往灾区。"当时，浙江第二梯队队员和来自四川、河北、安徽等地的救援力量正在集结，时刻做好奔赴一线的准备。"何军说。

7月21日，郑州阜外华中心血管病医院停水停电，许多患者、陪护家属、医护人员被困，随着水位的增长，情况越发危急。7月22日中午，公羊救援队队员们联合当地救援力量，紧急前往该医院展开救援。

"我们来了！你们不要害怕！"救援队员们上前用冲锋舟把被困人员一个接一个地转运护送至河南省人民医院等正常运作的医院。"水里迈出的每一步都非常艰难，但是我们大家齐心协力，劲儿都往一处使，能带离他们脱离困境，再辛苦也值了。"一位浙江公羊救援

## 生的希望 / 我身边的最美搜救人（二）

队的搜救队员回忆道。

对于医院里病情危重、行动不便的患者，浙江公羊救援队则是动用直升机进行转运，当天，便把所有危重患者从阜外华中心血管病医院转运至河南省人民医院。至此，救援队员们悬起的心才最终放下。

郑州暴雨，浙江公羊救援队队员把重症病人从阜外华中心血管病医院转至河南省人民医院

面对严峻的形势,浙江公羊救援队队员们逆流而上,与时间赛跑,与洪流竞争,全力以赴开展排涝救灾工作,冲锋舟转运1000余人,直升机转移危重患者36名,排涝数千吨,消杀上千平方米。历时九天九夜,圆满完成全部救援工作。

排水泄洪

浙江公羊救援队队员在郑州用皮划艇转运捐赠物资

生的希望 / 我身边的最美搜救人（二）

## 聚焦效能，专业救援

2018年10月28日，重庆市万州区一辆22路公交车在万州长江二桥坠入江中。公羊救援队全国总队副队长、华东总队队长王斌带队的声呐搜索组在29日凌晨2时赶赴事故现场，通过3D全地形立体测绘扫描，在公交车坠江处上游20米、下游200米位置的水下，发现了两处疑似位置。后经水下探测、定位，在长江二桥上游约28米、水下约71米处，发现一长约11米、宽约3米物体，确定为坠江公交车。公羊救援队精确定位坠江车辆位置，为后续救援打捞工作提供了关键性支持。

重庆万州坠江公交车搜救现场

"救援面临的主要难点是水域复杂、江水较深。"公羊救援队队员介绍。但搜救环境的恶劣无法抵挡队员们救援的决心，他们通过3D侧扫声呐精确定位，派遣重型潜水员细致调查摸排，最终明确15名驾乘人员身份，并配合国家专业救助打捞力量，先后打捞出13具遇难者遗体。

素质高、能力强、救援知识丰富的救援队员也让公羊救援队的救援能力一直备受称赞，这主要得益于公羊救援队严格的考核制度和定期开办的培训活动。

公羊救援队的考核项目较多，主要包括救援理论、常用绳结、全球定位导航系统、等高线判读、8字环加抓结下降、无线电设置、规范用语等。通过层层选拔成为正式队员后，公羊救援队队员们还要接受定期的救援知识教育和技能培训。这些考核与培训活动使得救援队员的专业素质和救援能力稳定在较高水平，以便灾害发生时第一时间集结并奔赴灾区。

经过十余年的发展，如今公羊救援队已拥有600多名经过严格挑选、培训考核并具有扎实救援知识及实战经验的志愿者。"从一名志愿者到一名一线的救援队员，至少要一年半到两年的时间，这是专业技能训练和团队配合所必需的。"王斌说。

# 最美海上"逆行者"
# 台山水上"守护神"

## ——记台山市海宁海上救援志愿服务中心

《中国水运报》记者　龙　巍　张植凡

在美丽的海滨城市江门台山，有这么一群人，他们平时多数时间都在海上航行作业；业余时间，哪里发生水上险情，就第一时间赶赴参加救援；救援任务结束后，又悄然消失在人群中，回归平静的日常生活……他们就是广东省台山市海宁海上救援志愿服务中心的队员们。

"我们成立的初衷就是救人危难、护航生命，每次救援行动从不索求报酬、完全免费，用公益的能量温暖冰冷海水中的遇险人员。"志愿服务中心理事长吴裕聪说。这支救援队，有船员、渔民，也有港航企业的工作人员，年龄从20岁出头到"知天命"，来自各行各业的他们，都把参与公益救援当作另一份事业。

至2021年底，台山市海宁海上救援志愿服务中心共有志愿者146人、救援船艇123艘，在江门420公里的海岸线上设置了17个救援大队，实现了"快速反应，就近出动，精准施救"。筹建以来，该中心共开展救援87次，出动志愿者212人次，成功救助人员159人次，为筑牢海上最后一道安全防线作出了突出贡献。

台山市海宁海上救援志愿服务中心合影

## 村民心中的"海上守护神"

"一艘蚝排养殖船受寒潮大风影响翻沉,有人落水遇险,急需救援。"2021年2月25日,赤溪黄茅海大队大队长吴新城在回家途中,突然接到来自江门海上搜救中心的通报。吴新城一看事发地点离自己不远,急忙通知团队成员黄健军、黄文财赶往现场。天气严寒,一刻也不能耽搁!救助队员们用最短的时间出动救援船艇前往相关水域进行搜救,最终及时发现遇险者。

时间就是生命,救援就是与时间赛跑。"我们赶到的时候,3名遇险渔民紧紧抱在一处蚝排桩上,瑟瑟发抖,全身冻得发紫,但是意识还是清醒的，那时我们才松了一口气，还好赶上了！"吴新城说道。3名救援队员通力合作，凭借扎实的救援技术和丰富的行动经验，最终帮助遇险者成功脱险。

心怀公益大爱，最让人动容的是危急时刻的勇敢和担当。"我们的成员平时都在海上'讨生活'，见识过各种恶劣的天气，所以我们更能知道万一出现了意外，有多渴望别人能伸出救援之手。"吴新城说，在这种氛围下，救援队中逐渐形成了"我为人人、人人为我"的精神。

"哪怕是深夜，我们接到救援信息后，也会立即行动起来。"吴裕聪告诉记者，志愿者们经常连夜在海面开展大范围搜救行动，夜间能见度差、现场风浪大等困难也是常态，这不仅要靠非凡的勇气，更要凭借娴熟的驾船技巧、丰富的行动经验和过硬的心理素质。正是因为这种大爱精神，海宁海上救援志愿服务中心的队员们成了渔民们心中的"海上守护神"。

## 远离"聚光灯" 默默奉献

2021年7月，台山横山渔港，志愿者郑少喜正和团队队员一起进行着台风来临前的环岛巡查。根据气象台的消息，台风"查帕卡"即将在广东阳江登陆，而与阳江邻近的台山将不可避免受到较大影响。

郑少喜的另一个身份是茫洲岛的村支书，多年来，他主动带领村民开展海上救援志愿服务。"每次台风来临之前，我们都会去渔港里看看有没有还在作业的渔民，或者去沙滩上检查一下有没有露营的人。"郑少喜告诉记者。

此外,他们还通过微信群发布信息、扬声器喊话通知等手段提前发布台风预警信息,提醒渔民及时做好防护准备,并与当地海事部门通力协作,进行港内巡查。多年来,郑少喜带领村民闻"风"而动,在惊涛骇浪中力挽狂澜,救援陷入险境的渔民、游客。

越是节假日,海宁海上救援志愿服务中心的成员们就越忙碌。在清明、"五一"、国庆等游客聚集出行的时段,志愿者们更是要绷紧神经进行24小时值守。"我们辛苦一点,民众水上出行就更安心一点,值了!"

谈起在救援队的感受,吴裕聪说:"我们的队友们都是不图名利、不求回报的,连出勤的路费都是自己'掏腰包',只求尽自己的最大力量,帮助那些需要帮助的人。"救援中心的志愿者就是这样一群远离"聚光灯"的人,尽管"没有鲜花、没有掌声、没有报酬",却依旧凭借为公益而坚守的信念,不畏救援现场的种种危险,不畏面对死亡的恐惧,完成一次次的救援任务,给人们带来希望。

## 锤炼本领,勇做"逆行者"

"在党和政府的领导下,海宁海上救援志愿服务中心不断完善组织架构,制定了志愿者管理、救援船舶管理、救援记录等一系列内部操作规程,促进了管理规范化,加强了志愿者劳动保护,逐渐发挥出强大的组织力。"吴裕聪说。

## 生的希望 / 我身边的最美搜救人（二）

台山市海宁海上救援志愿服务中心组织海上演练

"不同于一般的志愿者服务，海上搜救属于突发事件范畴，常常具有非预期、高风险、高难度、不确定等特征。"吴裕聪介绍，一直以来，海宁海上救援志愿服务中心的志愿者发扬英勇无畏的精神，多次在恶劣天气和海况下勇做"逆行者"，为遇险人员撑起了生的希望。为了加强救援本领，志愿者们还利用休息时间，开展日常培训和演练，重点查摆救援行动中暴露出的突出问题和短板弱项，为以后高效完成各项应急救援任务夯实基础。

队员正在进行训练

台山海域辽阔，海岸线长，海况复杂，海上客货运输、渔业、养殖繁忙，险情多发。单靠政府救援力量，难以覆盖大量救援任务。这支常年在海上"逆行"的爱心队伍，秉承"救人危难、护航生命"的宗旨，以大无畏的精神、高尚的人道主义情怀和强烈的社会责任感，多次出色地完成了海上救援任务，保护了人民群众生命财产安全，已成为当地海上应急救援力量的重要组成部分，给当地政府海上救援力量做了有力的补充和完善。